KB197416

사생아

휴머니스트 세계문학 039

사생아

THE LOVE CHILD

이디스 올리비어 | 김지현 옮김

차례

일러두기

1. 번역 대본으로는 Edith Olivier, *The Love Child*(The British Library Board, 2021)를 사용했다.
2. 주석은 모두 옮긴이 주다.
3. 본문 중 굵은 글씨는 원서에서 이탤릭체로 강조한 부분이다.

1

성직자가 장례를 마쳤을 때 애거사 보데님은 무의식적으로 다른 사람들에게서 한두 발짝 물러나 어머니 무덤 머리맡에 혼자 서 있었다. 그는 재봉사가 장례식에 적합한 형태로 지은 검은 드레스를 입고 있었고, 모자에는 별다른 특징이 없었다. 애거사는 울지 않았다. 하지만 숨을 머뭇머뭇 뱉어냈는지 베일이 살짝 팔락였고, 갑자기 숨을 들이켰을 때 베일이 입으로 빨려드는 바람에 침에 젖기도 했다. 얼굴은 무표정했다. 표정이 너무나 전무한 나머지 표정을 띤 대다수 사람의 얼굴보다 더 완전하고 치유 불가능한 고독을 암시하고 있었다. 그가 같은 인간들과 접촉할 힘이 없다는 단순한 사실을 의미하는, 깨뜨릴 수 없는 고독이었다. 어쩌면 아무 감정도 느끼지 않았을 수도 있었다. 확실히 애거사는 자신이 무엇을 느끼는지 몰랐고 동정을 요구하지도, 받지도 않았다.

사촌 루이자는 친절한 여자였다. 애거사가 거기 서 있는 모습을 지켜보며, 그는 보데넘 부인의 장례식장까지 함께 온 먼 친척들과 그날 오후 런던으로 돌아가는 것이 불가능하다고 생각했다. 저 쓸쓸한 인물이 그의 마음을 끌었다.

그래서 집 안으로 다시 들어갔을 때 루이자는 애거사에게 다가가 말을 걸었다.

"얘, 여기서 하루 이틀 정도 더 지내도 될까? 너를 혼자 놔둘 수 없어서 그래."

애거사는 조금 놀랐다. 루이자가 자신을 '얘'라고 불렀다는 점이 가장 놀라웠다. 오래전에 한 번밖에 본 적 없는 사이였다.

하지만 이제까지 슬픔을 내보이지 않았던 그의 얼굴은 놀라움도, 기쁨도, 성가심도 드러내지 않았다. 애거사는 장례식에서는 이런 일이 어련히 일어나는 모양이라고 판단하고는 하인들에게 손님용 침실을 준비하라고 지시했다.

루이자는 이틀을 묵었다. 이틀간의 시간은 기묘하고 부자연스럽고 울적했으며, 그는 그 이상 오래 머물 이유가 없다고 생각했다.

애거사는 할 일이 많다는 것을 알고 있었다. 보데넘 부인의 옷가지와 물건들을 정리한 뒤 처분하고, 업무 서류들을 처리하고, 편지에 답신을 보내야 했다. 하지만 아무 일에도 손을 대지 않았다. 모르는 사람이 같이 있는데 이런 일들을 한다는 게 부적절하게 느껴졌기에 도와주겠다는 사촌의 제안을 모두 사양했다.

사촌 루이자가 있다고 해서 애거사는 덜 외롭지 않았다. 외로움에 불편함이 더해질 뿐이었다. 그는 손님을 맞는 데 익숙하지 않았고, 어떻게 대처해야 하는지도 몰랐으며, 하인들이 집 안에 손님이 있는 걸 성가셔하는지도 몰랐다. 두 여자는 어색하게 앉아 할 말을 찾아 헤맸다. 둘은 짧은 산책을 나가서 아무 데로도 이어지지 않는 길을 따라 목적 없이 걸었고, 저녁 식사 이후 한 시간쯤 마주 앉아서 잠자리에 들 시각인 10시를 향해 시계 분침이 째깍째깍 움직이는 것을 훔쳐보고 있다가 안도감을 느끼며 헤어졌다. 그러다 마침내 완전히 헤어지고 나니 둘은 더 자유롭게 숨 쉴 수 있었다.

그날 저녁 식사를 마친 후 거실에 앉아 있던 애거사는 사촌 루이자가 떠나서 다행스럽기는 해도 자신이 끔찍하게 외롭다는 것을 깨달았다. 혼자서 밤을 보내는 것은 처음이었다.

새삼 이런 기분을 느끼다니 이상한 일이었다. 그는 언제나 혼자였기 때문이다. 어렸을 때도 혼자, 소녀 시절에도 혼자, 그리고 서른두 살 여자가 된 지금은 더더욱 혼자였다.

보데님 모녀는 유별나게 내성적이어서 친구를 사귀기 어려워했고, 시골 이웃들과도 거리를 두었다. 얼마나 내성적이었던지 모녀끼리도 별로 친밀하지 않아서 경험을 공유하거나 속을 터놓지 않고 나란히 일상을 보내기만 했다. 애초에 피차 공유할 경험이나 속내랄 것도 없었다.

사실 보데님 모녀는 따분한 사람들이었다. 이웃들은 그들을 지루하게 여기면서 점점 그 집에 찾아가지 않게 되었다. 그리고 모녀끼리도 비록 무의식적이었다 해도 서로를 따분하다고 생각했다. 그러나 그런 여자도 외로울 수는 있는 법이고, 그것이 그날 밤 애거사가 난롯불 앞에 앉아서 느낀 감정이었다.

이제 사촌 루이자가 떠나고 나니 집은 텅 빈 듯 보였다. 애거사는 보데님 부인의 발소리, 저녁 식탁에서 부인이 포크와 나이프를 달카닥거리는 소리, 식사 후 뜨개바늘을 맞부딪히는 소리가 그리워졌다.

애거사는 자기 생각을 말로 표현하는 데 늘 굼떴다. 그의 생각들은 마음속 뒤편에서 형체 없이 미끄러지며 돌아다닐 뿐 언어의 옷을 입을 생각은 하지 못했다. 그렇게 중간색으로 이루어진 사색 틈새에 앉아 있다보니 이런 외로움을 전에도 한번 느껴봤다는 것이 서서히 기억났다. 그의 삶은 아무것도 가지지 못했던 듯 보였는데 언젠가 한번 오늘처럼 비워졌던 적이 있었던 것이다. 동반자를 잃은 적이. 그는 멍하니 과거를 훑었다.

무언가가 갑자기 살아나듯이 이름 하나가 의식 위를 가로질렀다…….

클러리사!

그랬다. 클러리사였다. 오랜 세월 잊었던 클러리사가 이제 마음속에서 되살아난 것이다. 소유의 기억이 아니라 상실의 기억으로서.

너무나 오래전에 있었던, 어린아이의 공상에 지나지 않는 존재였다.

여느 외동들이 그러듯 애거사도 어렸을 때 자신과 모든 것을 공유하는 상상 속 친구를 만들었다. 클러리사는 진짜 살아 있는 형제자매처럼 생생하되 그들보다 훨씬 더 유순했으며, 그 애 덕분에 애거사는 유년을 외롭게 보내지 않았다. 그러나 열네 살 때 클러리사에 대해 알게 된 가정교사 마크스 선생이 애거사의 상상력이 피운 꽃에 제초제를 뿌리듯 신랄한 상식의 언어를 흩뿌렸다. 클러리사는 시들어가다 죽어버렸다. 혹은 다른 장난감들과 마찬가지로 안 보이는 데로 치워졌다고 해야 할지도 모르겠다. 가난한 아이들에게 나눠주기에는 '너무 좋다'는 이유로 육아실 벽장 꼭대기 선반 위에 처박힌 장난감들처럼.

그런데 18년이 흐른 지금 애거사는 그때와 똑같은 외로움을 느꼈다. 어머니의 장례식에서보다 더 마음이 먹먹해졌다. 반항심이, 부당하다는 감정이 치밀었다. 어떻게 감히 마크스 선생은 몰록• 역할을 자임하며 그의 아이를 희생시키라고 요구할 수가 있었나? 클러리사는 살아 있었다. 애거사의 주위에서 움직였던 그 어떤 실존 인물보다 더 생생히 살아 있었다. 클러리사를 창조한 것은 애거사의 정신이 능동적으로 이뤄낸 결실이었다. 클러리사는 형태를 갖추었다. 이름만이 아니라 고유의 인격도 있었다. 클러리사는 친구가 필요하다는 애거사의 간청에 진짜 살아 있는 듯한 목소리로 답해주었고, 마크스 선생의 비아냥거림에 클러리사가 무안해하며 몸을 웅크리고 피했을 때부터 애거사의 마음은 뿌옇고 모호해진 채 성장했다. 옛 기억이 되돌아오고 보니, 클러리사를 잃음으로써 애거사는 진짜 놀이 친구를 잃었을 뿐만 아니라 자신의 인격을 일깨워주고 외부 세계에 반응하도록 해준 존재를 잃은 듯했다. 그래서 그는 마치 공 없이 허공만 때리는 테니스 라켓처럼 헛되이 성장한 것이었다.

애거사는 혼잣말을 했다.

• 성서에 나오는 옛 페니키아 사람들이 숭배하던 신. 어린아이가 산 제물로 바쳐졌다.

"나는 클러리사와 대화했어. 클러리사 말고는 누구하고도 대화하지 않았어. 클러리사 덕분에 나는 할 말을 떠올릴 수 있었고 그 말들을 어떻게 다뤄야 하는지도 알 수 있었지. 그 애가 날 깨워주었어. 그런데 마크스 선생이 나더러 '혼잣말'을 하지 말라면서 그 모든 걸 멈춰버린 거야. 하지만 나는 정말로 클러리사에게 이런저런 말을 했는걸. 내가 하고 싶었던 말들을. 그 애가 이해한다는 걸 나는 알고 있었어."

애거사는 의자에 앉은 채로 몸을 앞으로 기울였다. 뺨에 혈기가 돌았다. 활력이라도 얻은 것처럼 즐거워하기까지 하는 듯 보였다. 클러리사와 다시 놀지 못할 이유가 뭐가 있을까? 이제 애거사가 혼잣말을 못 하게 가로막을 사람은 아무도 없는데.

그는 어린 시절에 쓰던 요령을 되살리려 해보았다. 하지만 잘되지 않았다. 잊어버린 것이다. 어떻게 했었는지 도통 기억나지 않았다. 하지만 마음의 문지방 위에 분명히 있기는 했다. 너무나 생생하게, 그러나 닿을 수 없는 곳에. 클러리사에게 말을 걸어보려 했지만 무슨 말을 해야 할지, 어떻게 해야 할지 알 수 없었다. 클러리사라는 이름 외에는 아무 말도 나오지 않았다. 그 이름은 침묵에 휩싸인 어둠 속에서 가늘게 떨리며 움직이는 빛 한 줄기였다. 그리고 '클러리사'라는 단어를 소리 내 말하면 그 소리가 자신의 고요한 생각들이 자아낸 마법을 깨뜨렸고, 여태껏 붙잡으려 한 이미지를 산산조각 냈다.

그럼에도 애거사는 클러리사와 대화할 수 있는 자신의 능력 속에서만 클러리사가 살 수 있고 또 살아왔음을 알고 있었다.

그는 일어나서 서성거리며 그 이름을 되뇌었다. 처음에는 속삭이다가 점차 더 크게, 더 크게 이름을 불렀다. 클러리사와 함께하던 놀이들을 기억해내려 애썼다.

"이거 기억나? ……이거 잊었어? ……내 생일에 정원에서 우리가 얼마나 재밌게 놀았던지! ……그리고, 오, 클러리사, 부활절에 교회에 가지 않으려고 했던 너는 얼마나 못됐었는지!"

그렇게 중얼거리다보니 옛 기억이 되돌아오는 듯싶었다. 놀이의 사소한 순서들, 클러리사와 나누었던 사소한 비밀들이 떠올랐다. 자기도 모르게 웃음이 나왔다. 자연스럽고, 선명하고, 큰 소리로 터져 나오는 웃음에 가까웠다.

"클러리사!"

그렇게 다시 말했을 때 문이 열렸다. 하인 헬렌이 침실 촛대를 들고 들어왔다. 지금 이곳에서 딱 하나뿐인 촛대였다. 만약 한 시간 전에 그걸 보았다면 자신의 외로움을 뼈저리게 실감할 법했다. 하지만 지금은 헬렌이 자신의 혼잣말을 들은 모양이라는 생각만 들었다.

애거사는 창가로 걸어가서 커튼을 젖히고 밤을 내다보았다. 아무것도 보이지 않았다. 하지만 애초에 아무것도 보고 싶지 않았다.

헬렌은 정중한 연민을 담아 애거사의 뒷모습을 바라보았다. 보데님 아가씨가 저런 식으로 행동하는 건 당연했다. 슬픔의 발작 도중에 타인의 방해를 받았으니 얼굴을 돌려서 그 사실을 숨기려 하는 것이다.

"잠자리에 드세요, 아가씨. 어떤 기분이실지 알지만 그래도 힘을 내셔야 해요. 시간이 치료해줄 거예요. 따뜻한 차 한잔 끓여드릴까요?"

"고마워, 헬렌."

애거사는 몸을 돌리지 않고 단조롭고 텅 빈 목소리로 대답했다.

"그래, 위층으로 올라갈게. 침대에서 차를 한잔 마시면 좋을 것 같네. 정말 상냥하구나."

눈에 눈물이 어렸고 목소리는 생기 없이 갈라졌다. 헬렌이 모든 걸 망쳐버렸다. 클러리사가 되돌아오고 있었고 더불어 애거사 자신도 그러려던 참이었다. 그런데 이제 문은 육중하게 닫혀버렸고 애거사는 너무나 오랫동안 이어온, 절반밖에 없는 삶으로 돌아오고 말았다. 모든 목소리가 사그라지고 다른 존재와 말이 통하지 않는 세계로.

애거사는 위층 침실로 올라갔다. 춤추는 불꽃을 붙잡으려다 그 불에는 실체가 없음을 뒤늦게 깨닫고 살갗에 화상만 남은 느낌이었다.

2

그날 밤 클러리사가 돌아왔다.

클러리사는 예전의 모습 그대로 애거사의 꿈에 나타났다. 애거사가 열 살 때와 똑같이 함께 노는 꿈이었다. 그러나 아침이 되자 그 기분은 스러졌고 돌이키고 싶지도 않아졌다. 자고 있을 때는 클러리사가 지극히 자연스럽게 느껴졌는데 깨고 나서 기억을 되짚어보면 얼토당토않은 꿈과 같은 존재였다. 애거사는 심지어 잠자리에 들기도 전에 클러리사와 놀려고 했다는 사실을 인정하고 싶지 않았다. 그걸 떠올리면 자신이 약간 미친 것 같았다.

애거사는 바빴다. 사촌 루이자가 떠났으니 자신을 기다리는 일거리들을 처리해야 했다. 유언장 공증에 대한 문제로 변호사에게 편지를 썼고, 애도 편지들에 답장을 보냈고, 보데넘 부인의 서류들을 정리했다.

애거사는 이 모든 일을 활기 없이, 썩 효율적이지 못한 방식으로 해나갔다. 그는 흐릿하게나마 움직이는 반영을 드리웠던 형체들이 사라져버린, 그늘진 세상에서 사는 것 같았다. 그 세상에는 정적 속에서 그들을 불렀던 목소리들이 표현하던 의미를 전달하기에는 너무나 멀고 희미한 메아리들과 한때 살아 있었던 과거의 기억을 어렴풋이 암시하며 죽어가는 향기들이 들어차 있었다. 그런데 사라진 존재, 침묵당한 목소리, 죽어가는 기억을 어머니의 모습과 연결해야 한다는 생각이 들었고, 실제로 그러고 보니 보데넘 부인은 지금뿐만 아니라 예전에도 언제나 동떨어져 있었던 것처럼 느껴졌다. 그가 그리워하는, 살아 있는 인격은 어머니의 것이 아니었다.

그건 바로 어젯밤에 만난 클러리사였다.

죄책감과 수치심을 느낀 그는 먼지투성이 서류 더미 사이에 파묻혔다. 클러리사는 물러났고, 애거사는 다시금 하인들이 기대하는 보데넘 아가씨가 되어가는 듯했다.

몇 시간 동안 꾸준히 일했다. 식사가 나오면 식사를 했다. 소화를 시키려고 정원 산책도 했다.

애거사의 삶은 그가 다루는 서류들처럼 먼지로 뒤덮여 있는 것 같았다. 세월이라는 이름의 먼지로. 그것은 언제나, 적어도 마크스 선생님이 있었던 시절부터는 분명히 그 자리에 내내 놓여 있었다. 그런데 짙은 잿빛 삶이, 그것이 놓여 있는 장소와 따분하리만큼 닮은 모습으로 거기 있는 것이 이제야

불현듯 눈에 들어온 것이다. 마치 어둑한 방에 빛 한줄기가 들어와 자욱한 먼지를 드러낸 것과도 같았다. 그리고 그는 자신의 먼지투성이 삶에 비쳐 든 빛이 바로 '클러리사'라는 이름이라는 것을 알고 있었다.

그러나 애거사는 클러리사에게 소리 내 말을 걸고 싶은 충동에 다시 굴하지 않았다. 사실 그날은 그런 충동을 느끼지도 않았다. 먼지투성이 서류들 사이에서의 삶이 훨씬 더 정상적이었다.

자기도 모르게 잠자리에 들 시간을 기대하긴 했다. 무언가 근사한 일이 벌어질 거라고 느꼈다. 그의 마음은 평소처럼 희미하고 혼란스러운 상태로 돌아와 있었으므로, 그것이 무엇인지 규정하려 하지 않았다. 그러나 일하고 산책하고 저녁을 먹는 내내 지평선 위에서 작은 반딧불이가 가물거렸다. 그것에 대해 굳이 생각하지는 않았지만, 그것이 거기 있는 줄은 알았다.

그러다 밤이 되어 반쯤 잠든 상태에 접어들었을 때, 정신적으로 지쳤기에 영혼이 깨어나고 불가능한 일들이 가능해 보이고 꿈이 현실이 되는 때 갑자기 클러리사와 같이 놀게 된 자기 자신을 발견했다. 지극히 단순하고 자연스럽게. 어젯밤처럼 감질나고 괴로운 탐색과 모색의 과정을 거치지 않고서도 손쉽게 놀 수 있었고, 그러자 잊었던 재미가 되살아났다.

클러리사는 단 하루도 나이를 먹지 않았고, 애거사는 꼭 어린 시절처럼 열정적이고 활기차게 놀 수 있었지만 그 시절과는 다른 무언가가 있었다. 18년이라는 세월을 거쳐 중년이 된 애거사 자신의 기억이 클러리사와의 사이에 가로놓여 있었던 것이다. 클러리사를 잃은 후로 자신이 더 이상 어리지 않았다는 것을 알고 있었기 때문이다. 마치 아기와 노는 기분이었고, 그 아기가 애거사 자신의 아이임을 알았다.

아침이 되자 그 모든 게 사라졌고, 다시금 우스꽝스럽게 여겨졌다. 아니면 우스꽝스럽게 여겨야 한다고 스스로를 타일렀거나. 하지만 사실은 전혀 그렇지 않다고, 혼자가 된 지금 유년 시절의 기억으로 되돌아가는 것은 자연스럽고 정상적인 일이라고 자신을 납득시킬 방법을 찾고 있을 뿐이었다.

그렇게 한두 주가 흘렀다. 애거사는 낮 동안은 성실히 일하고 밤에는 내내 클러리사와 놀았다. 그러다보니 더 이상 부끄럽지 않았다. 다른 여자들이 사교계나 소설책이나 가십에서 낙을 찾는다면, 그런 것들을 즐기지 않는 자신은 상상으로 창조한 대상에서 이처럼 낙을 찾는 것이라고 정당화했다. 하지만 이런 해명이 마크스 선생이나 보데넘 부인에게, 하물며 사촌 루이자에게는 더더욱 통하지 않으리라는 것을 알았기에 이 집에서 혼자 지내고 있는 것이 다행스러웠다.

점차 클러리사는 낮에도 찾아왔다. 애거사는 요령을 완전히 되찾았다. 어린 시절에 그랬듯 어떤 행동을 하든 은연중에 클러리사와 대화를 나누는 것이 자연스러운 일이 되었다. 둘은 모든 것을 공유했다.

어느 날에는 정원을 거닐면서 이따금 꽃을 꺾으며 클러리사와 이야기를 나누었다. 클러리사는 부득부득 화단 위로 뛰어 올라가 빨간 구두를 더럽혔는데, 그때 별안간 바로 등 뒤에서 들려온 작은 발소리에 애거사는 흠칫 놀랐다. 재빨리 돌아보았지만 그 자리에는 아무도 없었다. 주위에서 뛰어노는 작은 형체를 너무 생생하게 상상한 나머지 환청까지 들린 것이었다. 그러자 정원이 갑자기 작은 발소리로 가득한 듯했고, 성긴 흙바닥 여기저기에 찍힌 작은 발자국이 보이는 것이 단지 공상이라고는 도무지 믿기지 않았다. 그 정도는 누구나 상상할 수 있는 일이긴 했다. 그럼에도 자신이 미쳐가고 있는 게 아닌가 싶어서 겁이 났다. 애거사는 자신이 건강하며 클러리사는 놀이일 뿐이라는 걸 잘 안다고 스스로를 달래며 그 의심을 밀어냈다. 자신은 절대로 망상에 빠지지 않았다고.

정원에서 산책할 때가 클러리사가 가장 생생한 시간이었다. 다람쥐가 후다닥 움직이거나 새가 종종 뛰어다니거나 심지어는 흙 속에서 지렁이가 꿈틀거리는 작은 움직임들마저도 모두 클러리사의 기척인 것 같았다. 클러리사는 정원에서 가볍게 뛰놀았고, 풀 먹인 여름 드레스 자락을 부스럭거렸고,

수풀을 와삭거리며 젖혔고, 관목의 잔가지들을 꺾었다. 애거사는 뒤에 누군가가 있다는 생각에 자꾸만 휙 돌아보는 자기 자신을 발견했다.

그러던 어느 날, 산책로 끝의 하얀 벤치에 조용히 앉아 다음 날 교회에서 신을 검은 양모 스타킹을 꿰매며 몽상보다는 바느질에 집중하고 있는데, 불쑥 클러리사가 나타나 옆자리에 앉았다. 그 애는 상상했던 것보다도 작았고 열 살이나 열한 살일 나이에 비해 더 어려 보였다. 머리카락은 뒤로 빗어 넘겨 머리색보다 조금 더 짙은 갈색에 새끼 사슴 가죽처럼 얼룩덜룩한 리본으로 묶었다. 얼굴은 조그맣고 매우 창백했으며 눈은 머리처럼 얼룩덜룩한 갈색이었다. 클러리사는 수놓인 캠브릭•으로 된 짧은 흰색 드레스를 입었고 발에는 언제나처럼 작은 빨간 구두를 신고 있었다. 외양은 어둡고 처연해 보였지만 눈빛에는 악동 같은 기미가 배어났다. 혼나서 억눌린 악동일지 몰라도 분명히 엿보이긴 했다.

"지금까지 버니언 씨 댁에 있었어. 버니언 부인이 우유를 가지러 가셔서 나는 여기 왔지."

클러리사가 말했다. 버니언 가족은 클러리사 놀이에 늘 등장하는, 상상 속 사냥터를 관리하는 인물들이었다.

• 면이나 마로 얇게 짠 천.

애거사는 아주 어렸을 적 아버지의 허락을 받아 손목시계 내부를 들여다보았을 때와 같은 기분을 느꼈다. 아버지는 기계장치들이 멈추지 않도록 숨을 참으라고 말했다.

"버니언가 사람들과 너무 많이 어울리지 않았으면 좋겠는데. 넌 이제 다 컸으니까 나하고 시간을 더 보내야지. 그 사람들은 어울리기에 적절한 상대가 아니야."

애거사가 그렇게 말하자 클러리사는 벤치 등받이로 물러나 앉았다.

"나 혼내지 마. 그러면 가버릴 거야."

애거사의 심장이 뛰었다. 마음이 괴로웠다. 하지만 너무 걱정하는 티를 내면 안 된다는 것을 본능적으로 알았다. 열성적인 반응을 보이면 클러리사가 겁을 먹을 터였다.

그래서 애거사는 소리 내 웃었다. 자신의 표리부동함이 놀라우면서도 한편으로는 자랑스러웠다.

"넌 나한테서 벗어날 수 없어. 내가 너를 실에 매달고 있는걸."

"어디 한번 날 잡아봐!"

그건 클러리사가 좋아하는 놀이였다. 언제나 술래잡기, 땅따먹기, 숨바꼭질을 좋아했다. 그 애는 벌떡 일어나더니 애거사의 손이 닿지 않을 만한 거리에 섰다.

애거사가 손을 뻗었다.

클러리사는 춤추듯 도망쳐 두어 발짝 너머에 멈춰 서서 태세를 갖췄다.

애거사는 양모 스타킹을 팽개치고는 진심으로 놀이에 임했다. 클러리사를 향해 뛰어가고, 놓치기도 하고, 그렇게 앞서거니 뒤서거니 하며 깔깔 웃으면서 집으로 난 오솔길을 따라 달렸다. 클러리사는 발이 날쌨지만 애거사는 다리가 더 길었다. 사냥감에 가까워진 애거사는 허공에 휘날리는 장식 띠를 향해 손을 뻗었고…… 움켜쥐었다. 하지만…… 계속 잡고 있지는 못했다. 그것은 손가락 사이로 빠져나가 사라졌고, 딱 그 순간 애거사는 클러리사에게서 눈을 돌렸다.

바로 그 순간 클러리사는 사라져버렸다.

온데간데없었다.

당혹한 애거사는 숨을 몰아쉬며 좌우를 두리번거렸다. 주변에는 아무도 없었다. 정원은 고요하기만 했다. 애거사는 혼자였다. 그는 벤치에 팽개쳐둔 스타킹을 돌아보았다. 바보가 된 기분이었다. 너무 창피해서 차마 온 길을 되돌아가서 바느질을 마저 할 수가 없었다.

존재하지 않는 사람을 뒤쫓아 정원을 미친 듯이 뛰어다니던 자신의 모습을 하인들이 보지 않았기를 바라며 애거사는 집으로 돌아갔다. 만약 보았다면 그를 미쳤다고 생각했을 터였다. 그 생각이 옳을까, 틀릴까?

언제나처럼 애거사는 생각의 흐름을 이어가지 않았다. 그는 무엇이든 지나치게 깊이 생각하는 법이 없었다.

그런데 이 일 이후로 정원에서 클러리사가 자주 보였다. 클러리사는 갑작스럽게 나타났다가 순식간에 떠나곤 했다. 관목과 꽃 사이를 들락날락 뛰어다니며, 한 순간에는 애거사의 곁에 있다가 또 다음 순간에는 수풀의 경계 너머로 사라지고, 그 자리에는 흔들거리는 커다란 작약 꽃송이만 남기 일쑤였다. 하지만 점차 수줍음을 덜 타면서 그 애는 정원에 늘 머물게 되었고, 애거사에게는 그 모습을 보는 것이 클러리사 놀이의 일부가 되었다.

그 모든 모습을 오로지 애거사만 볼 수 있었다. 다른 사람들에게 클러리사는 전혀 보이지 않는 존재였다.

처음에는 이 사실이 잘 믿기지 않았다. 클러리사가 너무나 생생했기 때문이다. 그러던 어느 날, 하얀 드레스 차림으로 나무에서 나무 사이를 이리저리 뛰어다니는, 눈에 확 띄는 클러리사를 뒤쫓으며 술래잡기하던 자신을 정원사가 지켜보고 있었다는 것을 깨달았다.

한순간 애거사는 기겁했다. 자신이 하던 놀이도, 놀이 상대도 설명할 수 없으리라는 생각이 들어서였다.

"새끼 고양이를 쫓고 계신가요, 아가씨?"

애거사가 뛰던 걸 멈추자 헌트가 물었다.

“여기 있습니다. 이 루바브 화분들 위 사과나무로 뛰어올랐죠.”

그러니까 헌트는 클러리사를 못 봤다는 뜻이었다. 그 작은 소녀는 오로지 자신의 눈에만 보인다는 것을 애거사는 그때 실감했다.

클러리사는 점점 더 자주 나타났다. 정원만이 아니라 집 안에서도 보였다. 클러리사는 애거사의 식탁 맞은편, 한때 보데넘 부인이 앉았던 빈 의자 위에, 널따란 암녹색 가죽 팔걸이 사이에 터무니없이 조그맣고 조화롭지 못한 모습으로 앉아 있었다. 또 그 애는 애거사가 아주 깔끔하게 정돈해서 거실의 이런저런 가구 위에 올려두는 반짇고리의 내용물을 꺼내 가지고 놀며 세심히 배열된 면이며 실크 헝겊을 엉망으로 어지럽히기도 했다. 그리고 침실에는 애거사가 점차 숱이 줄어드는 머리에 덧붙일 헤어피스를 만들 요량으로 빗질 후 빠진 머리카락들을 모아두는 접시가 있었는데, 클러리사는 그것들을 집어서 창밖으로 던지곤 했다. 그렇게 머리카락들이 흩날려 정원에 떨어지면 나중에 새들이 둥지를 짓는 데 쓰려고 주워 갔다.

그런데 하인들은 절대로 클러리사를 보지 못했다. 그 애는 복도 테이블의 먼지를 터는 나이 지긋하고 근엄한 가정부 세라의 바로 코앞에서 대담하게도 정원 문을 들락날락 뛰어다냈다. 헬렌이 주전자를 가지고 들어와 받침대에 올려놓는 동안 클러리사는 애거사와 함께 차 쟁반 앞에 앉아 있었다. 애거사가 침대에 들어간 후 늘 마시는 따뜻한 귀리죽이 담긴 컵을 받을 때는 화장대 위 장신구들을 가지고 놀면서 반지들을 부딪혀 시끄러운 소리를 냈고, 그래서 헬렌이 무슨 소린가 싶어 뒤를 휙 돌아봤다가 심각한 표정으로 방 저편으로 걸어가 외풍이 들지 않도록 창문을 꽉 닫아걸기도 했다.

3

클러리사는 라즈베리를 무척 좋아했다. 애거사가 잼을 만들려고 라즈베리를 딸 때 클러리사는 도와준답시고 주위를 맴돌며 바구니에 담긴 큼직한 열매들을 다 먹어치우는가 하면 손수 열매를 잔뜩 따서 바구니에 넣지도 않고 먹어버리곤 했다.

클러리사는 확실히 욕심꾸러기였다.

그 이유가 궁금해졌다. 부끄러운 기억이지만 애거사 자신도 음식에서 은밀한 낙을 찾던 때가 있었다. 그 시절에는 케이크와 푸딩을 먹는 것이 그날그날의 큰 사건이었다. 그러다 예절을 익히고 맛없는 요리에 적응하면서 그 채신없는 취미는 서서히 사라졌다.

그러나 어떻든 간에 클러리사를 엄하게 대할 순 없었다. 심지어 그 애가 커다란 라즈베리 한 알을 하얀 드레스 앞섶에 뭉개서 흉한 얼룩을 남겼다 해도 말이다.

클러리사의 얼굴과 손이 진홍색 과즙으로 얼룩지면 덜 연약하고 덜 그늘져 보였다. 사실 그날 아침에 클러리사는 약간 부랑아처럼 보이기까지 했다.

클러리사의 존재가 너무나 당연해졌기에 애거사는 그 애가 정원사 심부름꾼 아이인 레지와 수다를 떠는 소리를 멍하니 듣고 있다가 그게 무슨 의미인지 뒤늦게 깨달았다.

클러리사가 다른 사람들의 눈에도 보이기 시작했다는 뜻이었다. 애거사는 충격을 받았다.

레지는 클러리사에게 아주 크고 잘 익은 라즈베리를 가리켜 보이며 재빨리 이렇게 덧붙였다.

"보데넘 아가씨가 계시네. 나 얼른 가야겠어."

애거사는 근엄하게 레지를 쳐다보았다. 심부름꾼 아이 정도는 상대할 수 있었다.

"너 누구랑 대화하는 거니?"

레지는 어리둥절한 듯 두리번거렸다.

"방금 전까지 어떤 여자아이가 여기 있었는데, 사라져버렸네요."

사실 클러리사는 레지에게서 몇 발짝 떨어진 데에 뻔히 서서 그가 알려준 커다란 라즈베리를 입안에 넣고 있었다. 의기양양하고도 장난기 가득해 보였다.

애거사는 레지에게 정원사를 도와 잔디를 깎으러 가라고 일렀다. 무척 심란했다. 상황이 자신의 통제를 넘어서고 있었다. 클러리사가 바깥세상에 드러난다면 그 존재가 해명되어야 한다. 그것만도 어려운 일이었다. 하물며 해명을 하는 도중에 클러리사가 나타났다 사라진다면 해명은 더더욱 어려운, 아니 불가능한 일이 될 터였다.

다음 날에는 늙은 헌트가 클러리사를 보았다. 헌트는 그 여자아이가 막 씨를 심은 무밭 위로 뛰어다니지 않도록 일러달라고 애거사에게 부탁했다.

애거사는 모호하게 대답했다. 공황이 서서히 밀려왔다. 이성을 잃을 것만 같았다. 클러리사가 점점 더 수습 불가능한 존재가 되어가고 있었다. 그 애가 집 안에서 남들 눈에 띈다면 헬렌이나 세라에게 뭐라고 말해야 할까? 그리고 조만간 그렇게 될 터였다. 그 애는 여기저기에 나타났다가 또…… 사라져버리니까. 그런데 그 애가 남들 눈에 보이는지 안 보이는지 분간할 방법이 없는 듯했다. 자신이 혼자 있는 것으로 보일지 낯선 아이와 함께 있는 것으로 보일지 알 수가 없으니 하인들 눈을 피해 다녀야겠다는 생각마저 들었다.

누가 오는 기척이 들리면 달아나기 바빴다. 정원에 있을 때는 집에서 자신이 보이지 않도록 관목 숲 안을 거닐었다. 헬렌이 거실에 차를 들여놓는 동안 구석에 숨어서 기다리다가 부엌문이 닫히는 소리가 들린 뒤에야 안에 들어가서 허겁지겁 남몰래 다과를 먹었고 그동안 클러리사는 소파 옆자리에서 웅크려 있었다. 차를 마신 후에는 황급히 관목 숲으로 돌아가서 수풀 사이를 헤맸다. 머릿속에서는 숨 가쁘게 계획이 펼쳐졌다. 이 상황을 즉시 다잡아야 한다는 것은 알고 있었다.

시간이 흐를수록 자신의 기묘한 행동이 남들에게 의문을 불러일으키리라는 것을 알았다. 남은 평생을 정원의 월계수들 사이에 숨어서 지낼 수는 없었다.

애거사는 저녁 식사 전에 침대에 들어갔다.

클러리사의 목덜미를 단단히 거머잡고 자기 침대로 데려가 눕히고 나서 이불을 덮어주었다. 그런 다음 종을 울려 헬렌을 부르고 몸이 안 좋아 침대에서 식사해야겠다고 말했다. 그리고 이렇게 덧붙였다.

“변화가 좀 필요해. 내일 브라이턴에 가야겠어.”

애거사가 이렇게 갑작스러운 결정을 내린 건 난생처음이었다. 그는 한 번도 집을 떠나본 적이 없었다. 자신의 이런 행동에 하인들이 놀랄 터였다. 부엌에서 자기들끼리 이런저런 추측을 쑥덕거리리라. 그렇게 생각하면 불쾌했다. 불쾌한 걸 넘어서 두렵기까지 했다. 그러나 클러리사를 들킬지도 모른다는 것이 훨씬 더 두려운 일이었다. 클러리사는 한시도 신뢰할 수 없고, "다른 이들은 우리 질문을 따르나, 그대는 자유롭다"•라는 셰익스피어에 대한 글귀가 셰익스피어보다도 더 잘 들어맞는 존재였다.

클러리사는 확실히 어떤 질문이나 대답에도 '따르지' 않았다. 그 애는 공기처럼 자유롭게 오락가락했다.

애거사는 다음 날 일찍 기차를 타러 나섰다. 그날 아침은 짧았지만 영원 같은 고통을 안겼다.

하인들이 시시때때로 방을 드나들며 짐 싸는 걸 돕고, 이런 저런 지시 사항을 내려달라 하고, 정리를 하고, 어지럽히고, 돈을 요청하고, 브라이턴에서 머물 곳의 주소를 달라 하고(애거사도 몰랐다), 얼마나 오래 머물지도 알려달라 했다(더더욱 몰랐다). 그러는 내내 클러리사도 방을 자꾸만 드나드는 통에 애거사는 열이 올랐다. 세라의 축축한 녹색 눈동자가 그 애에게 고정된 게 틀림없어 보이는 순간도 있었고, 헬렌의 예리한 귀가 방 안을 돌아다니는 그 애의 기척을 들은 듯하던 순간도 일이 분쯤 있었다. 그러나 아무도 질문하지 않았다. 방 안에 별안간 허깨비 같은 아이가 보였다면 누구든 말을 하지 않고 넘어갈 리 없었다.

• 영국의 시인이자 비평가인 매슈 아널드(1822~1888)의 시 〈셰익스피어〉의 첫 행.

또 다른 걱정거리는 클러리사의 흰 캠브릭 드레스였다. 그 옷은 기차 여행에 적합하지 않았다. 그런 클러리사가 열차 안에 나타난다면 다른 승객들이 그 애의 부적절한 옷차림을 의아하게 여길 것이 분명했다. 그래서 애거사는 보데넘 부인이 걸치던 격자무늬 숄을 가져가 기차 안에서 클러리사의 얇은 드레스를 감싸주기로 마음먹었다.

마차는 10시에 왔다. 하인들이 가방, 꾸러미, 샌드위치를 들고 모여들었다. 애거사가 마차에 올라탔고 클러리사는 모처럼 얌전히, 조용히 그의 옆에 앉았다. 이 조그마한 아이가 남들에게 보이지 않는다니 잘 믿기지 않았지만 보이지 않는 것은 분명했다. 막판에 헬렌이 화장품 전용 가방을 가져다 애거사의 옆자리, 정확히 클러리사의 무릎 위에 올려놓았기 때문이다. 애거사는 본능적으로 아이를 지키려고 몸을 불쑥 내밀어 손을 뻗었다. 하지만 쓸데없는 행동이었다. 가방은 클러리사를 그대로 통과해 좌석 위에 떨어졌고, 그 애는 아무렇지도 않아 보였다.

그러나 이미 신경이 곤두설 대로 곤두서 있었던 애거사에게 이 일은 너무 벅찼다. 그래서 신경질적인 웃음을 터뜨리고 말았다.

헬렌, 세라, 그리고 요리사는 여주인이 처음으로 혼자서 여행을 떠난다는 데에 가뜩이나 불안해하고 있었는데, 너무나 애거사답지 않은 데다 상황에 어울리지도 않는 발작적인 웃음을 터뜨리기까지 하니 그가 매우 비정상적인 상태라고 생각하기에 충분했다.

"정말로 여행을 떠나도 괜찮으시겠어요, 아가씨?"

헬렌이 마차에서 내리다 말고 멈추더니 애거사의 장갑 낀 손을 다정하게 잡으며 물었다.

"혼자서 이렇게 떠나시니 저희 마음이 편치 않아요. 적절치 않은 일 같습니다. 좀 기다렸다가 다음 기차를 타시고, 그때까지 제가 준비한 후 동행하는 건 어떠세요? 큰 호텔에서 홀로 묵으시는 것보다는 제가 같이 있는 편이 더 나을 거예요."

애거사는 감동받았다. 모든 하인이 자신에게 애정을 품은 것이 느껴졌고 그 마음을 저버리고 싶지는 않았다. 그러나 한 명이라도 여행에 데려가는 것은 불가능했다. 애초에 그들의 곁을 벗어나려고 여행을 떠나려던 것 아니었나.

애거사는 친절하게 말했다.

"고마워, 헬렌. 그런 생각을 해주다니 정말 상냥하구나. 하지만 당분간 너는 집에서 쉬면서 조용한 시간을 가지는 게 좋겠어. 나중에 사람을 보내서 너를 부를 수도 있겠지만 지금은 아니야."

그리고 마부에게 출발하라고 지시했다.

애거사는 클러리사와 단둘이 일등석을 탔다. 클러리사는

추위를 타며 몸을 떨었다. 애거사와 마찬가지로 그 애도 여행을 불편해했다. 숄을 가져온 것이 다행이었다. 다소 어색하게 숄을 둘러서 옷핀을 꽂아주자 그 애는 고마워하는 표정으로 열차 구석에 자리를 잡고 숄을 턱까지 끌어올렸다. 마침내 브라이턴에 도착했을 때 지친 듯 열차에서 내리는 그 애는 매우 작고 우스꽝스러워 보였고 전혀 그 애답지 않았다. 커다란 숄 자락을 승강장 바닥에 질질 끌며 먼지를 모으고 다니는 클러리사의 모습은 둔하고 지저분한 꼬맹이 같았다.

그러나 열차에서 내린 지 얼마 되지 않아 클러리사는 평소의 자신으로 돌아왔다. 애거사의 손을 완강히 거부하며 까불까불 뛰어다녔다. 그 애가 발길질을 하자 옷핀이 풀려 숄이 흘러내렸다. 클러리사는 흰 드레스 차림으로 슬쩍 빠져나가 화물칸에서 짐을 내리는 것을 지켜보았다.

애거사는 숄을 집어 들고 그 애를 뒤쫓았지만 다시 숄을 둘러줄 수는 없었다. 클러리사는 이제 따뜻하다고, 숄은 더 이상 필요 없다고 우겼다.

그들은 택시를 타고 호텔로 향했다. 언젠가 그 호텔에 묵었다는 사람에게 들어서 알던 곳이었다.

아주 넓고 현대적인 건물이었다. 애거사는 호텔 지배인, 관리인, 급사들, 사환들이 택시에서 내리는 자신을 도와 로비로 맞아들이며 극진히 환영하는 데에 압도되었다.

애거사는 클러리사의 손을 잡고 걷되, 작은 여자아이 한 명을 데리고 있는 것으로 보이든 그렇지 않든 자연스러워 보이게끔 손 모양에 신경 썼다.

호텔 사람들의 눈빛을 눈여겨보았지만 그들이 자신만 보는지 자기 옆의 동행도 보는지 알 수 없어서 무척 난처했다.

애거사는 개인용 거실이 딸린 침실 하나를 빌리고 침대 두 대를 놓아달라고 했다.

"투숙하는 도중에 제 어린 조카가 들를 거라서요."

가련하기까지 한 눈빛을 띠고 그렇게 말하며, 애거사는 온화하고 정중한 관리인의 얼굴을 살펴 옆에 있는 그 어린 조카가 그에게 보이는지 안 보이는지 가늠하려 애썼다.

관리인 여자는 아이들을 좋아하는 듯 자애로운 엄마 같은 표정을 지었을 뿐 클러리사 쪽에는 눈길을 주지 않았으므로 아무래도 보이지 않는 모양이었다. 그는 애거사를 위층으로 데려가 그 층에서 가장 안락하다는 아담한 방을 보여주었다. 클러리사가 방 안을 뛰어다니며 온갖 것을 둘러보더니, 발코니로 통하는 창문을 발견하고는 기뻐하며 창밖의 바다를 내다보았다.

애거사는 관리인과의 대화를 끊고 서둘러 그를 방에서 내보냈다. 클러리사가 아직까지 그에게 보이지 않는 것은 분명했지만, 어느 순간에라도 방문으로 들어서는 과정조차 없이 갑자기 눈에 띄지는 않을까 두려웠기 때문이다.

단둘만 남았을 때 애거사는 클러리사를 무릎 위에 앉히고 함께 창밖을 바라보았다.

근사했다. 평생 이렇게 자유로운 기분을 느끼기는 처음이었다. 해변에서 클러리사와 단둘이 있다니. 아무도 그들을 모른다니. 질문을 던지는 사람도 아무도 없을 것이다. 붐비는 호텔 안에서 클러리사는 어디든 내키는 대로 쏘다닐 수 있고 애거사는 아무런 해명을 할 필요가 없을 터였다. 매 순간을 있는 그대로 살아갈 수 있는 것이다.

애거사는 클러리사의 손을 잡고 부드럽게 문질렀다.

"네 작은 손을 따뜻하게 녹여줄 수 있으면 좋을 텐데. 늘 차갑잖아."

"여기 있다보면 곧 따뜻해질 거야."

클러리사가 말하더니 태양을 향해 손을 뻗었다.

그 손은 매우 투명했다.

4

브라이턴에서 보내는 처음 몇 주 동안 애거사는 자기 자신에게 놀랐다. 완전히 다른 사람이 된 듯했다. 이전까지는 자유의지라고는 전혀 없이 살아온 것 같았다. 하루하루의 모든 행동이 전날 자신이 했던 비슷한 행동들이 불러일으킨 불가피한 결과인 듯했다. 사소하고도 한심한 행동들이었다. 그런데도 그는 언제나 그렇게 해야 한다고 생각했었다. 아니, 더 정확히는 애초에 생각이라는 것을 하지 않았고 다만 그런 행동들이 살아 있는 주체이고 자신은 수동적인 도구처럼 그때그때 닥쳐오는 대로 항복했던 것에 가까웠다.

이제 애거사는 내키는 대로 돌아다녔다. 그렇다고 아주 먼 데까지 가는 것은 아니었지만, 클러리사와 함께 아무런 질문도 받지 않고 호텔 안팎을 걸을 수 있다는 사실만으로도 전에 없이 독립적이라고 느꼈다. 클러리사가 남들 눈에 보이지 않을 수도 있으니 로비나 공용 거실에서는 말을 걸지 않으려 조심했다. 혼잣말이나 하고 다니는 사람으로 보일 위험을 감수하고 싶지는 않았기 때문이다. 하지만 그 부분을 주의할 뿐 클러리사가 남들에게 보이는지 안 보이는지는 전혀 신경 쓰지 않게 되었다. 그 애가 언제든 마음대로 나타났다 사라져도 상관없었다. 어차피 아무도 눈치채지 못하니까. 그리고 방 안에 단둘이 있을 때나 붐비는 해변에 있을 때면 애거사와 클러리사는 나날이 더 친밀해졌고, 그래서 기뻤다.

그들이 가장 먼저 한 일은 클러리사를 위한 새 옷을 사는 것이었다. 애거사는 여러 상점에 들러서 이런저런 드레스와 모자를 주문해 호텔로 보내달라고 부탁했다. 상점 안에서 입혀볼 엄두는 나지 않았다. 클러리사가 도중에 사라져서 텅 빈 드레스만 허공에 걸려 있거나 옷까지 통째로 사라져버릴까 봐 두려웠기 때문이다.

클러리사가 처음 나타났을 때부터 입고 있던 흰 캠브릭 드레스 외에는 아무것도 입으려 하지 않으면 어쩌나 걱정했는데, 의외로 그러지 않았다. 그 애는 오히려 새 옷들을 보고 황홀해했고 한 벌 한 벌 입어보며 즐거워했다. 옷을 꽤 많이 샀다. 애거사 자신도 이전까지 입던 옷들이 지겹던 참이었다. 전부 어머니 옷을 지어줬던 재봉사의 작품이었는데, 그 여자의 취향은 비 내리는 날씨처럼 피할 수 없는 무언가 같았다. 그런데 이제 자유롭게 옷을 고르고 살 수 있다니 경탄스러웠다.

그리고 클러리사에게는 자기만의 뚜렷하고도 확실한 취향이 있었다. 위안이 되었다. 애거사는 물건을 고를 때 무엇이 가장 마음에 드는지, 애초에 마음에 드는 게 있기는 한지 긴가민가하며 몇 번이고 다시 생각하는 편이었다. 반면 클러리사는 대번에 마음을 정했다. 그 애는 녹색, 약간 진한 노란색, 갈색처럼 살짝 가라앉은 색상들을 좋아했다. 애거사는 그 나이대 아이라면 하얀 드레스가 최선일 거라고 막연히 생각했는데 클러리사는 그런 옷에는 전혀 무관심했다. 그 대신 옅은 색채가 들어간 튜닉과 짧은 일자형 드레스를 입으면 조그마한 체구와 뾰족한 얼굴에 완벽하게 들어맞았다. 애거사가 어렸을 때 아버지에게 받아서 즐겨 읽던 동화책에 나오던 요정들의 그림이 생각났다. 그것이 아버지에 관해 남아 있는 가장 선명한 기억이었다.

이후로 클러리사는 예전 옷들을 전혀 입지 않았다. 그리고 새 옷들을 입기 시작하면서부터는 사라지는 버릇을 멈추었다. 그 애가 보이는지 안 보이는지에 대해서도 더 이상 의문이 들지 않았다. 클러리사는 애거사 옆에서 온 세상 사람 눈에 보이는 모습으로 존재했고, 애거사 자신에게도 다른 모든 사람에게도 진짜였다.

호텔 종업원들이 모두 클러리사와 친해졌고 클러리사를 '예스러운 아이'라고 불렀다. 실로 그랬다. 클러리사는 보통 아이들이 좋아하는 장난감에는 조금도 흥미가 없었다. 그 애는 장난감을 가지고 놀지 않았고, 그 애가 원하는 것은 그저 애거사와 함께 연기 놀이를 하는 것이었다. 둘은 온갖 종류의 사람 역할을 하며 놀았지만 그중에서도 자기 자신 역할을 하는 것을 가장 즐겼다. 완전히 뜻밖의 행동들을 하는 척하다보니 실제였다면 매우 불쾌했을 법하지만 놀이로서는 굉장히 재미있는 상황에 처하기도 했다. 돈이 다 떨어지는 바람에 길거리에서 노래를 부르고 앵초 꽃을 팔아서 연명해야 한다든지, 무인도에 떨어져서 그곳에 자라는 맛있는 과일들을 잔뜩 먹는다든지, 호텔의 다른 사람들과 친구가 되어서(실제로는 둘 모두에게 불가능한 일이었다) 애거사의 방 안에서 파티를 열어 그들을 대접한다든지.

아침마다 해변에 함께 앉아 클러리사를 지켜보았다. 그 애는 날이 갈수록 덜 허약하고 덜 그늘져 보였다. 피부색도 더 진해졌다. 갈색이 살짝 맴돌았고, 해가 나고 바닷바람이 불어올 때면 심지어 분홍색도 띠었다. 그 모습을 보는 애거사 자신도 햇빛을 받아 빛났다.

해변의 다른 모든 아이가 삽이며 양동이를 가지고 부산을 떨었기에 애거사도 그것들을 구해주었다. 하지만 클러리사는 그걸 가지고 노는 법을 몰랐고 애거사도 어떻게 가르쳐야 할지 알 수 없었다. 둘은 삽과 양동이를 가지고 의식적으로 해안가로 내려가서 나란히 앉아 흙을 팠다. 둘 다 매우 따분하고 부자연스럽다고 느끼면서도 서로를 위해 어색하게, 형식적으로 임했다. 애거사는 자기 잘못이라는 생각에 눈물마저 날 듯했다. 자신이 아이들에 대해 더 잘 알았더라면 클러리사도 다른 아이들처럼 모래성을 쌓는 데 몰두하게 해줬을 거라는 생각이 들었다. 삽과 양동이가 적절한 기분과 분위기를 불러일으키지 못했다는 데에 화가 났지만 그 화를 내비치지는 못했다. 워낙 감정을 잘 표현하지 않는 성격이라서 그러기도 했지만, 자신이 무엇이든 갑작스러운 행동을 하면 클러리사가 겁을 먹고 떠날지도 모른다는 해묵은 두려움 탓이 더 컸다. 어떤 이유에서든 놀라게 해서는 안 되는 조그맣고 수줍음 많은 야생 새를 길들이고 있다는 느낌이 여전히 들었다. 그래서 어느 날 클러리사가 갑자기 발을 구르며 삽과 양동이를 집어 바다 저 멀리 힘껏 내던졌을 때 애거사는 놀라면서도 기뻐서 펄쩍 뛰었다. 파도가 삽과 양동이를 발치로 휩쓸어 오자 클러리사는 다시 주워서 물에 던졌다. 그러고는 한시도 망설이지 않고 뒤돌아서 달아났다. 애거사는 그 뒤를 쫓아갔다. 너무나 질겁한 데다 넋을 잃고 그 애를 쫓는 데에만 골몰한 나머지, 짧은 암녹색 리넨 드레스를 입은 요정 같은 조그마한 여자애를 뒤쫓아 모래성들을 건너뛰고 접의자들 사이로 뛰어드는 자신의 모습이 해변에 앉아 있는 사람들에게 어떻게 보일지는 신경도 쓰지 못했다.

마침내 클러리사를 잡은 후 둘은 방파제에 앉아 '펀치와 주디'• 놀이를 했다. 애거사는 이후로 다시는 클러리사에게 삽과 양동이도, 인형도, 다른 그 어떤 장난감도 사주지 않았다. 클러리사는 그런 것들을 좋아하지 않았다. 클러리사의 장난감은 애거사뿐이었고, 애거사의 장난감은 클러리사였다.

• 펀치와 그 아내 주디가 주인공인 우스꽝스러운 영국의 전통 인형극.

5

애거사는 헬렌에게 집에 돌아갈 예정이라는 편지를 쓰면서 심사숙고하고 정성을 기울였다. 브라이턴에서 누구의 의심도 받지 않고 자유롭게 지낸 지 거의 석 달이 되었다. 클러리사를 데리고 있는 데 너무 익숙해진 나머지 그 아이를 하인들에게 소개시킨 적이 없다는 사실을 거의 잊고 있었다. 그런 한편 향수병이 일었다. 호텔 생활은 그에게 도무지 맞지 않았다. 주위가 시끄럽고 움직임이 많아서 피로한 데다가 자기 집에서 클러리사와 함께 지내고 싶은 갈망이 커졌다. 그 사랑스러운 작은 몸을 처음으로 흘깃 보았던 정원에 돌아가고 싶었다.

하지만 그 안식처로 돌아가기 전에 클러리사의 존재를 해명해야 했다. 애거사는 내성적인 여자고 특이한 일을 천성적으로 싫어했다. 클러리사가 자신이 만들어낸 장난감 아이에 지나지 않는다는 사실을 누구에게든 말한다는 것은 불가능했다. 그리고 말한다고 한들 애거사와 같은 상식을 가진 사람이라면 결코 믿지 않을 터였다. 애거사 자신도 돌이켜 생각해보면 믿기지가 않았다. 그냥 생각을 하지 않았다. 삶을 살아갈 뿐이었다. 태어나서 처음으로. 따지고 보면 이 세상에서 자기 자신의 존재를 해명할 수 있는 사람이 누가 있나? 하물며 어떻게 누군가에게 다른 사람의 존재를 해명하기를 기대한단 말인가?

그럼에도 클러리사를 집에 데려가려면 준비가 필요했다. 애거사는 뻔한 조치를 취했다. 언제나 그랬듯이.

편지는 이렇게 썼다.

"다음 주 토요일에 돌아갈 예정이야. 다시 집에 돌아가면 무척 기쁠 거야. 먼 친척 여자아이 하나를 입양할 생각인데, 이번에 그 아이를 데려가려고 해. 내가 이 작은 동반자에게서 삶의 낙을 찾아 더 이상 외롭지 않을 테니 너희도 모두 기뻐하겠지. 부디 이 어린 고아를 환영해주고 내가 그 애를 행복하게 해줄 수 있게 도와주렴. 아이의 이름은 클러리사 보데넘이라고 해. 나이는 열한 살이고. 그 애를 위해 작은 침대 하나를 주문했는데, 이번 주중에 화물열차로 도착할 거라더구나. 우리가 귀가하기 전까지 그 침대를 내 방 모퉁이에 놔주었으면 좋겠어. 클러리사는 여기서도 나와 방을 같이 썼으니 집에서도 그렇게 지내려고 해."

다 쓴 편지를 읽어보니 지극히 평범하고 자연스러운 내용인 듯했다. 그러나 '고아'라는 단어에 멈칫했다. 애거사는 정직한 여자였다.

클러리사는 모든 것을 즐거워했고 집에 간다는 소식에도 기뻐했다. 그러나 관리인 여자와 객실 청소부와 헤어질 때 뽀뽀를 받는 것은 싫어해서, 예의 수줍은 태도를 다시 내비치며 애거사의 손에 매달려서 고개를 수그리고는 노골적으로 싫은 표정을 지으며 얼굴을 돌렸다. 애거사는 이 친절한 여자들이 대놓고 거절당한 게 미안한 한편 클러리사를 향한 그들의 애정이 흐뭇했지만, 이 아이가 이런 식으로 까탈을 부리는 게 내심 좋기도 했다. 클러리사는 자신의 것이라는 뜻이었으니까. 오로지 자신만의 것이었다.

보데넘가 하인들은 아가씨가 딸을 입양하기로 한 것이 올바른 결정이라고 확신했다. 애거사가 브라이턴으로 떠날 때 보였던 신경질적인 행동에 그들은 마음 깊이 겁을 먹었고 그가 '괴짜'가 되어가는 게 아닌가 걱정했다. 이런 상황에서 집안에 아이가 생기는 것이야말로 그들이 바라는 바였다. 그래서 집에 도착한 애거사와 클러리사는 따뜻한 환대를 받았다. 헬렌과 세라는 클러리사가 어린 시절의 보데넘 아가씨와 닮았다며, 누가 봐도 이 가족의 일원임을 알 수 있을 거라고 했다. 애거사는 이 화제를 이어가고 싶지 않았기에 재빨리 말을 돌려서 침대가 잘 도착했느냐고, 거기에 무슨 이불을 깔았느냐고 물었다. 모든 게 준비되어 있었다. 클러리사가 마치 늘 이 집에서 살았던 것처럼 그 애만의 침대와 공간이 꾸려져 있었다.

전례 없는 일을 하는데도 이처럼 쉽다니 놀라웠다. 내심 뿌듯하기도 했다. 이것은 그의 인생에서 일어난 유일한 사건이라 할 만했고, 지극히 노련한 사람마저도 진퇴양난에 빠질 만큼 이상한 일이었는데, 그런 일을 자신이 잘 처리했으니 말이다. 애거사 보데넘은 절대로 설명할 수 없는 열한 살짜리 아이를 데려다놓고 아무도 설명을 요구할 필요조차 느끼지 못하게끔 만든 셈이었다.

애거사는 클러리사를 혼자 두지 않았다. 그 애는 어느 모로 보나 정상으로 보였기에 실은 정상이 아니라는 것을 애거사 자신도 종종 잊었지만, 자신이 곁에 있어야만 클러리사의 존재가 유지될 거라는 불안감을 마음에서 완전히 떨칠 수 없었다. 어쩌다 아이가 혼자 있게 되면 다시는 찾을 수 없을 것만 같았다. 말도 안 되는 생각 같았지만 달리 표현할 길이 없었다. 가끔은 시험 삼아 클러리사를 위층으로 보낸 다음 헬렌에게 한번 올라가서 클러리사가 자기 방에 있는지 없는지 살펴달라고 무심히 부탁해볼까 하는 생각도 했다. 하지만 겁이 났다. 그런 속임수는 신의를 저버리는 짓 같았고, 그런 짓을 하면 클러리사가 처음 나타났을 때처럼 홀연히 사라져버릴 것만 같았다.

아침마다 함께 공부를 했다. 클러리사는 글 읽는 법을 애거사보다 훨씬 빠르게 배웠다. 마치 본능적으로 터득하는 듯했다. 일단 배우고 나니 책을 즐겨 읽기 시작해 애거사의 아버지가 소장했던, 그가 죽은 이후로는 아무도 건드리지 않았던 매력적이고 오래된 책들을 책장에서 찾아내 탐독했다. 애거사도 어렸을 때는 책장에서 그 책들을 꺼내 보고 싶어 애를 태웠지만 아버지가 그러지 못하게 했고, 책을 읽을 수 있을 만큼 나이가 든 뒤에는 읽고 싶은 마음이 없어져버렸다.

그래서 클러리사가 서재를 찾아 들어갔을 때 어린 시절 이루지 못했던 자신의 갈망을 떠올린 애거사는 그 책들이 클러리사에게 부적합하다고 말할 마음이 들지 않았다. 게다가 자신이 직접 펼쳐본 적도 없는 책들이니 정말로 적합한지 아닌지 판단할 수도 없는 노릇이었다.

그렇게 해서 클러리사는 어떤 책이든 내키는 대로 읽었고 애거사에게 그 이야기를 들려주었다. 필딩, 리처드슨, 스콧, 디킨스, 새커리의 작품들이었다. 크래브, 바이런, 사우디, 워즈워스, 테니슨의 시를 소리 내 읽어주기도 했다. 보데넘 씨의 서가는 평범했다. 일반적인 책들만 꽂혀 있었고 그가 죽은 이후로 추가된 책은 없었다.

어느 날 클러리사는 책장 위쪽 선반에서 《슈투름의 고찰》이라는, 가죽으로 장정된 작은 책 두 권을 발견했다. 종교에 관한 교훈적 성찰들로 이루어져 있고, 1년 동안 매일 읽을 수 있도록 구성된 책이었다. '자연의 경이', '과학의 발견', '세계인들의 역사와 특성'과 같은 주제를 다루고 있었다. 1817년에 출간된 이 책은 당대의 과학적 사고를 따르면서도 경건하고 건전한 어조로 전통적 종교관을 담고 있었다. 이상하게도 애거사와 클러리사 모두 그 책에 매료되었다. 애거사에게는 책의 진부한 내용이 편안하게 느껴졌고 그 과학적 어조에서 당대의 정신이 전해지는 듯해서 좋았다. 한편 클러리사는 저자가 라플란드 사람들에서 혜성으로, 지진에서 육체적 끌림의 힘으로 종횡무진하는 것을 재미있어했다.

어떤 에세이보다도 근사했다. 클러리사는 이런 내용을 읽어주었다.

> 우리는 두 몸이 외부의 힘에 의해서가 아니라 스스로 서로에게 가까워지는 것을 종종 본다. 이러한 효과를 일으키는 원인은 '끌림', 달리 말하자면 더 작은 물질 입자들이 서로에게 향하는 법칙이라 하겠다. ……이로써 천체의 움직임도 만족스럽게 설명된다. ……광막한 거리를 두고 떨어져 있는 이 천체들은 비밀스러운 끈으로 결합되어 있다. ……이 끌림의 힘은 어느 정도는 동식물의 모세혈관을 순환하는 액체가 생성되는 원인이기도 하다. ……최고의 지혜는 천체들의 체제에서만이 아니라 이성적 존재들의 체제에서도 똑같이 명백하게 나타난다.

클러리사는 글을 빠르게 읽어나가면서 긴 단어를 읽을 때는 기묘하게 틀린 발음을 하기도 하고 구절과 구절 사이에서는 이따금 말을 끊기도 했다. 그러는 내내 이맛살을 찌푸리며 책을 노려보면서, 비밀스러운 끈으로 결합된 채 광막한 공간들 사이에서 흔들리는 별들의 행로를 뒤쫓으려 애를 썼다.

애거사는 별을 생각하지 않았다. 마침내 클러리사의 등장을 설명해주는 과학적 진실을 찾아냈으니까. 애거사 보데넘의 몸이 소립자들을 끌어당겨 클러리사라는 작고도 정교한 형체를 조합해냈고, 지극히 정상적인 자연의 법칙에 따라 바로 그 입자들로부터 이성적 존재가 나타난 것이다. 이해하기 쉽지는 않았지만, 하늘에 나타난 행성들이나 정원에 나타난 채소들을 뒷받침하는 설명으로 클러리사의 존재도 뒷받침할 수 있다는 뜻이었다. 클러리사는 별들과 콜리플라워들 사이에서 자신의 위치를 점했다.

애거사는 자신이 특별히 무언가를 끌어당기는 힘을 지녔다고 생각해본 적이 없었지만, 이제 와 생각하면 클러리사를 곁으로 끌어오고 생명을 불어넣은 것은 자신이 발휘한 끌림의 힘이었던 것이다. 애거사는 안절부절못하며 얼굴을 붉혔다.

둘은 그렇게 각자의 생각에 빠진 채 앉아 있었다. 그러다 클러리사가 입을 열었다.

"어떤 별이 아주 살짝 더 움직여서, 태양이 끌어당기는 힘에서 벗어나버리면 어떻게 될지 궁금해."

애거사가 재빨리 대답했다.

"그럴 일은 없어. 불가능한 일이야."

"하지만 그렇게 된다고 '쳐'보자고."

"음, 그러면 그 별은 그냥 없어져버리겠지. 하지만 그런 일은 있을 수 없어. 별들 사이의 비밀스러운 끈은 끊어질 수 없으니까. 책에 그렇게 나와 있잖아."

"하지만 가끔은 '정말로' 일어나는 일이야. 엄마 말대로 없어져버리긴 하겠지. 별똥별을 생각해봐. 별똥별은 비밀스러운 끈에서 떨어져 나간 게 분명해. 그래서 내가 별똥별이 사라지는 걸 볼 때마다 엄청나게 슬픈 건가봐."

"그렇게 슬프면 별똥별에 대해 생각하지 마."

"하지만 그 슬픔이 사랑스럽기도 해. 마음에 들어."

그때 클러리사가 새로운 아이디어를 떠올린 듯 말을 이었다.

"오, 새로운 놀이가 생각났어. 무척 재밌을 거야. '별 놀이'를 해보자. 엄마는 태양이 되고, 나는 별이 되는 거야. '거의' 궤도를 벗어나서 별똥별이 될 '뻔'하지만, 정말로 그렇게 되지는 않아. 자, 한번 해보자."

"어떻게 하는 놀이인지 잘 모르겠는걸."

애거사가 미심쩍은 투로 말했다.

"오, 내가 알려줄게. 쉬워. 엄마는 잔디밭 한가운데에서 빙빙 돌고, 그러면 내가 그 바깥쪽에서 빙빙 도는 거야. 파란색

비단실로 비밀스러운 끈을 만들어놓고. 그 실은 전혀 눈에 띄지 않겠지. 하지만 만약 내가 너무 멀리 가면 실은 끊어질 거고, 나는 없어질 거야. 무척 재밌겠지. 무슨 일이 벌어질지 알 수 없으니까."

이 새로운 놀이에 애거사는 엄청나게 들떴다. 그는 손에 푸른 비단실 타래를 들고 잔디밭 한가운데에서 천천히 돌았다. 태양처럼 느끼고 행동하려고 애썼지만, 쓰러지기 일보 직전에 치달은 팽이가 된 기분에 더 가까웠다. 한편 클러리사는 잔디밭 가장자리를 따라 뛰다가 이따금 자신이 다른 별에게 끌리고 있다면서 갑자기 원래의 행로에서 몇 발짝 벗어났다. 애거사가 할 일은 이러한 일탈을 예상하고 실이 끊어지지 않도록 조금 더 풀어내는 것이었다. 그러나 클러리사가 너무 빨랐다. 놀이에 너무 몰두한 나머지 그 애는 별똥별처럼 떨어져 나가고 싶어 했고, 갑자기 예상을 완전히 뒤엎는 방식으로 움직여서 실이 끊어지고 말았다. 클러리사는 재주를 넘더니 부엌문으로 사라져버렸다.

"오, 오, 오! 나는 지구로 끌려가 머리를 부딕쳤어. 난 이제 없어졌어."

그 외침을 끝으로 완전한 정적이 깔렸다.

한참이 지나도 아무 기척이 없었다. 애거사는 겁을 먹고 그 애를 뒤쫓아 뛰어갔다.

클러리사는 커다란 화분을 머리에 뒤집어쓴 채로 조용히 누워 있었다.

"클러리사, 애, 일어나. 너 다쳤니?"

애거사가 숨을 몰아쉬며 물었다.

대답이 없었다.

"클러리사!"

애거사는 진심으로 괴로워 소리쳤다.

그러자 클러리사가 화분을 들어 밖을 내다보더니 한쪽 눈을 악동처럼 떴다.

"날 불러도 소용없어. 난 사라졌어. 비밀스러운 끈은 끊어졌다고."

애거사는 소리 내 웃으려 했다.

"정말 다친 줄 알았어."

"오, 전혀, 조금도 안 다쳤어."

클러리사가 노래하듯 말하고는 펄쩍 뛰어 일어나 화분을 그대로 머리에 쓴 채 잔디밭 너머로 춤추듯 뛰어갔다. 괴상한 독버섯처럼 보였다. 애거사는 이제 진심으로 웃음을 터뜨렸다. 웃음을 주체할 수 없었다.

온종일 이런 식으로 보냈다. 같이 책을 읽고, 같이 놀고, 가끔은 읽은 책을 토대로 '별 놀이'와 같은 새로운 놀이를 고안했다. 애거사는 극도로 행복했다. 너무 행복한 나머지 이만큼의 행복에는 어딘가 죄스러운 데가 있다는 느낌마저 들었고, 아이를 이토록 전적으로 소유하는 것이 이기적인 짓은 아닌가 하는 의구심도 들었다. 클러리사가 더 정상적인 삶을 살도록 도와줘야 하는 건 아닐까? 또래 아이들과 어울리며 그 애들의 놀이를 공유할 수 있도록?

애거사는 자신이 어렸을 때 클러리사 놀이 외에는 그 어떤 놀이도 하고 싶지 않았고 할 기회도 없었다는 사실을 되새기며 이러한 의문들을 불식시켰다. 다른 아이들은 애거사에게 너무 많은 것을 기대했다. 경쟁심이라든지 공을 강타하거나 달리기 경주를 할 힘이라든지. 그래서 늘 열등감을 느꼈다. 하지만 가끔은 클러리사가 어린 시절의 자신보다 더 똑똑하다는 생각이 들었다. 애거사가 실패했던 것들을 그 애는 빼어나게 잘해내는 일이 많았다.

그래서 클러리사가 도착하고 처음으로 교구 목사의 아내인 번스 부인이 열한 살짜리 딸 키티를 데리고 방문했을 때, 클러리사가 애거사의 옆에 바싹 붙어 앉아 슬그머니 그의 손을 움켜잡고 쥐어짜며 키티를 쳐다보기만 할 뿐 한마디도 하지 않는 것을 보고 애거사는 안도했다. 번스 부인이 두 아이에게 뛰어나가서 같이 놀라고 하자 클러리사는 대단히 결연한 태도를 보이며 단호히 말했다.

"여기서 함께 있게 해주세요. 저희는 뛰어다니는 것보다는 이 편이 훨씬 좋아요.”

손님은 동의하지 않았지만 그러려니 넘어가는 수밖에 없었다.

이 일 이후로 가끔 키티를 초대했다. 처음에 클러리사는 그 애와 노는 걸 삽과 양동이를 가지고 노는 것과 마찬가지로 어려워했기에 애거사가 나서서 둘 모두를 재미있게 해주어야 했다. 누군가를 재미있게 해주는 데 소질이 없는 그에게는 어려운 일이었다. 게다가 두 아이는 관심사도 서로 달랐다. 그러나 시간이 갈수록 둘은 서로에게 익숙해져 함께 클러리사의 정원을 가꾸는가 하면 작은 정자에서 자신들과 애거사가 마실 차를 준비하며 기나긴 오후를 보내곤 했다.

애거사는 두 아이의 우정이 커가는 것을 지켜보며 복잡한 감정을 느꼈다. 그걸 우정이라 부를 수 있다면 말이지만. 클러리사는 다른 사람들과 어울리는 힘을 키우는 데 있어서 더욱 인간적인 면모를 보인 듯했지만 애거사는 질투심에 속이 끓었다. 이전까지 클러리사는 오로지, 전적으로 애거사와의 관계 속에서만 숨 쉬고 움직이고 살아갔다. 클러리사의 시간 일 분, 클러리사가 하는 말 한마디라도 잃는 게 싫었다. 모든 것을 갖고 싶었다.

이것은 질투만이 아니었다. 클러리사가 사라질지도 모른다는 **두려움**이었다.

그 애가 별똥별처럼 사라질지도 모를 일이었다.

6

애거사가 가계부를 쓰고 있을 때 경찰이 찾아왔다. 그는 애거사가 평생에 걸쳐 보아온 익숙한 사람이었다. 말을 섞어본 적은 별로 없는데도 오랜 친구처럼 여겨졌다. 애거사와 가까운 지인들은 대부분 그렇게 오랜 세월 안면만 터온 사이였다. 그런 사람들은 편안하게 느껴졌다. 풍경의 일부와도 같았으니까. 우체국장, 교구 총무, 정육점 주인, 그 밖의 마을 사람들 사이에 있으면 자신의 위치를 알 수 있어서 좋았다. 반면 낯모르는 사람들과 있으면 막막했다. 하지만 낯선 타인들이든 마을 사람들이든 간에 남들과 대화할 필요가 있다고는 생각지 않았다.

경찰관을 맞으러 나가면서 애거사는 살짝 놀랐다.

두 사람은 친절하고도 정중하게 인사를 나눴다.

"아가씨, 어린 여자아이 하나가 아가씨와 함께 살고 있는 것으로 알고 있는데요. 입양을 하셨다고요."

경찰관이 말했다. 애거사는 약간 경직된 채로 고개를 슬그머니 숙였다.

"이 서류를 작성해주십사 부탁드리러 왔습니다. 당국에 이 정보들을 제출하는 것이 법이거든요."

애거사는 그가 내민 서류를 받았다. 글이 여러 열로 나뉘어 적혀 있었고 특정 정보들을 기입할 수 있는 칸들이 비워져 있었다. 애거사는 글을 읽어보았다.

"아동의 이름. 출생 장소와 일시. 아동을 양도한 사람의 이름과 주소……."

애거사는 서류를 돌려주며 말했다.

"안 돼요, 저는 못 하겠어요. 너무 복잡해요."

경찰관이 상냥하게 웃었다.

"관공서 서류라는 게 다 그렇지요, 아가씨. 번거로운 절차가 너무 많고 말이죠. 하지만 결국 해야 하는 일이에요. 아가씨께서 필요하시다면 제가 도와드리겠습니다. 어떻게 하는 건지 알려드릴게요."

미쳐버릴 것 같았다. 애거사는 망설이면서도 단호하게 말했다.

"아니에요, 저는 아예 거부하겠어요. 누구도 저에게 강제할 수 없는 것 아닌가요?"

"네, 아가씨, 강제력은 없습니다. 하지만 서류를 작성하지 않으면 아이를 데리고 계실 수 없습니다."

"데리고 있을 수 없다고요? 누가 그걸 정하는데요?"

"국법이 그렇습니다, 아가씨."

"하지만 그렇다고 나라에서 뭘 할 수 있는데요? 아이를 나한테서 빼앗아 길거리로 내보낼 수는 없는 거잖아요."

거친 목소리가 튀어 나왔다.

"양육을 맡을 친인척이 없는 아이는 구빈원으로 보내지게 됩니다."

"**구빈원**이라고요?"

뺨에서 핏기가 싹 가시는 기분이 들었다. 누군가가 몸속의 혈관들을 틀어쥔 것만 같았다. 이제까지 서 있었던 애거사는 자리에 털썩 주저앉았다. 자신의 통제를 벗어난 목소리가 입에서 흘러나왔다.

"누가 그런 짓을 할 수 있죠? 아무도 그럴 수 없어요. 이건 제 일이지 남들이 관여할 바가 아니라고요."

"불필요하다고 생각하실 만도 합니다, 아가씨. 그리고 물론 아가씨 같은 숙녀분에게 이건 그저 형식상의 절차일 뿐이겠지요. 하지만 법은 모두에게 공평하게 적용되어야 합니다. 법에 정해진 등록 절차를 거치지 않고 아동을 입양할 수 있는 사람은 없습니다. 이건 아이들의 권익을 위한 일이기도 합니다."

애거사는 약간 오만한 태도로 말했다.

"저는 이 아이의 권익을 진심으로 보호하고 있어요. 구빈위원회에서 저에게 그 부분을 지적할 일은 없을 거라 생각하는데요."

"물론 그렇습니다, 아가씨. 그 점을 의심할 여지는 없지요. 이 서류는 그냥 형식적인 겁니다만, 작성해주십사 요청할 의무가 저에겐 있습니다. 아가씨가 말로 일러주시면 제가 대신 적어드릴까요? 그러고 나서 서명만 직접 하시면 됩니다."

경찰관이 만년필을 꺼내고 서류를 테이블 위에 펼친 다음 애거사를 돌아보았다.

"아동의 이름, 출생 일시와 장소를 알려주세요. 그리고 아동을 아가씨에게 양도한 사람들의 이름과 주소, 그러니까 아이의 이전 거주지를 알려주시면 됩니다."

애거사는 완전히 침묵에 잠겼다. 이런 일에는 아무런 대비가 되어 있지 않았다. 클러리사가 처음 나타났을 때 그가 두려워했던 것은 하인들의 친절한 호기심이었다. 오래 일한 하인들이나 목사나 번스 부인이나 그 밖에 드물게 방문하는 외부인들이 난처한 질문을 던질까봐 걱정했다. 하지만 어차피 아무도 애거사로 하여금 클러리사의 이전 보호자들에 대해 말하도록 강요할 수는 없으며, 비밀을 털어놓을 만큼 친밀한 사람도 없다는 사실을 되새기며 위안 삼았다. 애거사가 말하지 않기로 결정하면 그걸로 끝인 셈이었다. 그런데 지금, 아무런 경고도 없이 들이닥친 경찰관이, 즉 무례한 호기심이 아니라 진지한 확신에 찬 공무원이 클러리사를 애거사에게서 빼앗아 갈 수 있는 법적 기관이 존재한다는 것을 차분히 명시하는 것을 듣고 있으니 머리가 빙글빙글 도는 것 같았다. 클러리사가 구빈원에 들어갈 수도 있다는 뜻이었다. 이것은 삶이 주는 불이익이었다. 가차 없는 법의 테두리 안에서 살아가야 하는 것이다.

애거사도 경찰관의 말을 듣고 놀랐지만, 경찰관이 애거사의 침묵에 더 크게 놀랐다. 보데님 아가씨와 같은 숙녀들은 당국의 규정들을 매우 자연스럽게 받아들였다. 그들은 애견 등록 요금의 납부를 피하려고 하지 않았고, 남자 하인들에게 붙는 세금을 내려고 직접 관청에 방문하곤 했다. 그는 손에 펜을 들고서 어색하게 보데님 아가씨를 쳐다보며 기다렸다. 애거사는 무릎 위에 포개 쥔 두 손을 내려다보며 가만히 앉아만 있었다. 머리가 멍했다. 어떻게 해야 할지 알 수 없었다.

그러다 불쑥 입을 열었다.

"사생아예요. 제가 낳은."

그 말과 동시에 눈물이 터져 나왔다.

"사생아예요."

잠재의식 속에서 솟구쳐 나온, 무엇을 함의하는지 미처 깨닫지도 못하고 한 말이었다. 그 말은 애거사에게 클러리사가 진정으로 무엇인지를 규정해주었다. 자신의 온 마음을 다한 사랑이 낳은 피조물. 그건 진실이었다. 그리고 진실 앞에서 애거사는 누구도 그 아이를 빼앗아 갈 수 없음을 알았다. 자신이 클러리사를 구한 것이다.

하지만 얼마나 큰 대가를 치렀나! 자신의 입지, 평판, 품성, 그 모든 것을 내준 셈이었으니. 하지만 클러리사는 자신의 것이었다. 자신이 그 애에 대해 가진 권리는 그 어떤 법도 박탈할 수 없었다.

그럼에도 막상 말을 입 밖으로 꺼내니 그 말의 의미와 더불어 수치심이 처음으로 마음에 와닿았다. 자신이, 즉 애거사 보데넘이 평범한 경찰관의 면전에서 스스로를 욕보인 셈이었다. 그래서 울음이 나왔는데, 울음소리가 마치 다른 사람의 것처럼 들렸다. 울음을 참을 만큼의 자존심 따위는 남아 있지 않았다.

기이하게도 경찰관은 보데넘 아가씨의 굴욕감을 자신의 몫인 양 느꼈다. 어리석은 실수를 저지른 사람이 마치 자신인 것만 같았다. 민망하고 죄스러운 기분에 휩싸인 채 그는 서류를 주머니에 집어넣으며 웅얼거렸다.

"실례했습니다, 아가씨. 죄송합니다."

애거사는 평정을 되찾았다. 경찰관의 태도가 상황을 정상으로 되돌려놓았다.

애거사는 일어서서 경찰관을 현관으로 안내했다.

그때 황홀한 장면이 눈앞에 펼쳐졌다. 서재에서 클러리사가 사다리를 꺼내놓고 맨 위 선반에 있는, 재미있어 보이는 오래된 책들을 꺼내려고 사다리에 올라간 것이었다. 사다리 꼭대기에 책상다리를 하고 올라앉은 그 애는 낡은 붉은색 가죽으로 장정된 커다란 책을 무릎 위에 펼쳐놓고 있었다. 그러다 애거사와 경찰관이 서재 문간으로 들어서자 장난스러운 승리감을 내비치며 몸을 휙 돌려 자신의 전리품인 책을 어깨 위로 들어 보였다. 마치 요정의 몸짓 같았다. 창문보다 더 높은 곳에, 햇살 위에 드리워진 그림자 속에 앉은 그 애의 얼굴이 황혼을 받은 나방처럼 반짝거렸다.

그런데 사다리를 단단히 고정해두지 않은 게 문제였다. 갑작스러운 움직임을 견디지 못한 사다리가 요란한 소리를 내며 바닥으로 쓰러져버렸다. 클러리사와 커다란 책도 덩달아 떨어졌다.

비명을 지른 사람은 클러리사가 아니라 애거사였다. 그리고 보데넘 아가씨는 평생 처음으로 기절하고 말았다.

쓰러지는 애거사를 경찰관이 받았다.

경찰관의 무릎을 베고 미동 없이 누운 애거사의 얼굴에는 여전히 눈물이 어려 있었고 머리카락은 너저분하게 헝클어져 있었다. 소음을 듣고 달려온 하인들이 본 장면은 경찰관 옆에서 실신한 채 쓰러져 있는 보데넘 아가씨뿐 클러리사의 흔적은 어디에도 없었다. 그 애는 감쪽같이 사라져버렸다.

'다치진 않았고 단지 겁이 났나보군.'

주위를 둘러보고 클러리사가 없어진 것을 눈치챈 경찰관은 그렇게 생각했다. 떨어졌을 때만 해도 목이 부러졌을 게 틀림없다고 생각했는데 말이다.

하인들은 애거사가 약장에 늘 보관해두는, 그러나 사용한 적은 한 번도 없는 탄산암모늄으로 그를 깨웠다. 괴롭게 숨을 헐떡이며 정신을 차린 애거사는 품위라곤 없이 또 울음을 터뜨리려 했다. 그런데 그가 눈을 뜬 순간 뒤편의 문간에서 작은 기척이 들렸다. 경찰관도 하인들도 그쪽을 돌아보았다.

평소보다 더욱 작고 더욱 투명해 보이는 클러리사의 조그마한 얼굴이 반쯤 열린 문 앞에 드리워진 그림자 속에 박혀 있었다. 겁에 질린 듯 덜덜 떨고 있었고 어딘가 비현실적으로 보였다.

짧은 순간 클러리사는 자신이 있는 곳이 어디인지 모르겠다는 듯 망연한 표정으로 서 있었다. 그러더니 부리나케 복도를 가로질러 애거사에게 달려와서는, 전에 없이 격정적으로 그를 부둥켜안고 매달리며 얼굴에 뽀뽀를 퍼부었다.

"어디 갔었어? 어디 갔었어?"

클러리사의 목소리가 파르르 떨리더니 잠시 끊어졌다. 흐느낌이 터져 나올 듯했다.

"엄마가 보이지 않았어. 온통 어두웠어."

"난 아무 데도 가지 않았단다, 얘야. 기절했을 뿐이야."

"그러면 앞으로는 절대, 절대 기절하지 마."

그리고 클러리사는 다시 애거사에게 매달리며 두 손을 쥐어짜는가 하면 손을 자기 얼굴에 가져다 댔다. 둘 다 살아 있다는 것을 확인하려는 듯이.

클러리사가 떨어지던 모습이 서서히 애거사의 기억 속에서 되살아났다.

"그런데 얘야, 너 어디 다쳤니? 네가 너무 높은 데서 떨어지는 바람에 내가 기절한 거야. 너무 겁이 났거든."

"다치다니?"

클러리사가 어리둥절한 듯 되물었다.

"난 다치지 않았어. 그 소음은 내가 떨어져서 난 게 아니야. 사다리가 쓰러지면서 난 거지."

"하지만 너도 덩달아 떨어졌잖니, 내 보물아."

클러리사는 웃음을 흘리려 했다.

"나는 아무렇지도 않아. 하지만 사다리가 다쳤겠지. 엄청 충격이 컸을 테니까."

"하지만 너 지금 무척 창백해 보여."

"엄마가 창백하니까 그렇지. 그리고 엄마가 기절한 동안 나는 어둠 속에서 겁에 질려 있었어. 너무 어두워서 나도 어쩔 줄을 몰랐어. 이제 이 얘기는 하지 말자. 잊어버리자."

7

경찰관은 보데넘 아가씨와의 면담에서 일어난 일을 누구에게도 말하지 않기로 결심했다. 그리고 정말로 말하지 않았다고 '확신했다'(그는 이 표현을 자주 썼다). 그런데도 그 소문은 곧 마을 전체에 퍼졌다. 소문이란 그런 식이다. 스스로 날개를 달고 날아가는 법이다.

그가 부엌에 있던 하인들에게 언급하기는 했다. 하인들은 보데넘 아가씨가 감정적으로 폭발한 것이 클러리사의 사고 때문인 줄로만 알았고, 그들의 이야기를 들은 경찰관은 무심코 아가씨가 현관에 나오기 전부터 이미 울고 있었다는 말을 흘려버렸다. 그러고 나니 울었던 이유가 무엇이었는지도 말해야 했다. 자신이 아가씨를 괴롭혀서 그렇게 된 게 아님을 밝혀야 스스로를 변호할 수 있었기 때문이다. 그리고 보데넘 아가씨를 모시는 하인들이라면 진실을 알아야 하며, 어쩌면 이미 알 수도 있을 거라고도 생각했다.

그는 그 이야기를 한 것을 후회했다. 유능한 헬렌이 즉시 그에게서 서류를 넘겨받아 읽어보고는 애초에 이 서류는 돈을 받고 아이를 입양한 양부모들에게만 요구되는 것으로서 "그런 일은 할 생각조차 안 할 보데넘 아가씨 같은 숙녀분"의 경우에는 해당 사항이 없다는 사실을 밝혀냈기 때문이다.

그때부터 헬렌은 웅변을 쏟아냈다.

헬렌이 의기소침해하는 경찰관에게 말하기를, 그가 여느 많은 남자와 마찬가지로 할 일이 별로 없고 스스로 중요한 사람이 되고자 일을 벌이려다보니 이런 사달을 일으킨 것이라고 했다. 만약 구빈 위원회에서 그가 후안무치하게도 이렇게 나섰다는 것을 알게 된다면 뭐라고 할지 궁금하다고. 보데넘 아가씨가 속상해한 것도 당연하며, 그에게 남 일에 상관하지 말라고 경고하기 위해 그런 말을 한 것이라고도 했다. 아가씨는 그를 응당히 꾸짖으려 한 말이었을 뿐인데 그걸 문자 그대로 받아들인다면 어리석은 처사가 될 것이라고 말이다.

헬렌은 이 외에도 많은 말을 했다. 경찰관은 무안하고 기가 죽은 채로 도망쳤고, 어디에서도 이 화제를 입에 올리지 말아야겠다고 생각했다.

그렇게 경찰관이 떠나고 나서 헬렌과 세라와 요리사는 궁지에 빠졌다.

그들은 보데넘 아가씨가 거짓말을 할 사람이 아니라는 것을 잘 알고 있었다. 그러나 아가씨가 임신을 한 적이 없다고도 확신했다. 이 두 가지 선택지에서 벗어나는 것은 불가능해 보였다. 그렇다고 둘 중 어느 쪽이든 하나를 받아들인다면 애거사를 배신하는 짓이 될 터였다.

아무 할 말이 없었다. 그들은 헤어져서 각자의 할 일을 하러 갔다.

보데넘 아가씨가 기절하고 클러리사가 추락해서 다행이었다. 헬렌이 둘 모두를 병약자로 대하게 되었으니, 애거사를 마주했을 때 서로가 느낄 민망함을 감출 수 있었기 때문이다.

애거사는 경찰관이 무슨 말을 했는지 몰랐고 헬렌은 보데넘 아가씨가 그가 무슨 말을 했으리라 짐작하는지 몰랐다. 그러니 피차 어색한 순간이 될 수도 있었다. 하지만 애거사는 정말로 아팠다. 헬렌이 자신을 돌봐주기를 바랐다. 후자극제•와 이마에 바른 오드콜로뉴 냄새를 맡을 수 있고 맑은 수프를 마실 수 있어서 마음이 놓였다. 헬렌은 클러리사에게 멍이 들 만한 부위들에 근육통 연고를 발라주기도 했는데, 그 약 냄새에서도 애거사는 마음의 위안을 받았다.

사실 클러리사는 한 군데도 멍이 들지 않았지만 마찬가지로 그 약 냄새가 마음에 들었고, 사람들이 자신에게 관심을 집중하며 소란을 피우는 것이 기분 좋았다.

해 질 녘이 되자 애거사는 클러리사의 사고 이전에는 아무 일도 일어나지 않았던 것처럼 느껴졌다. 다만 그 사고 때문에 충격을 받은 나머지 클러리사도 자신도 둘 다 아픈 거라고 생각했다.

• 의식을 잃은 사람의 코 밑에 대서 정신을 차리게 해주는 데 썼던 화학물질.

다음 날 아침 그는 자신이 경찰관에게 했던 끔찍한 말을 떠올리며 잠에서 깼다. 어떻게 남자를 앞에 두고 그런 말이 입 밖으로 나올 수 있었을까? 그런 생각이 어떻게 마음속에 있었을까? 교양 있게 자란 숙녀들이 정신착란에 빠지면 평생 들어본 적도 없을 음탕하고 불경스러운 말을 쏟아내기도 하더라는 이야기를 들은 적이 있었다. 자신이 어떤 정신 상태였는지 분석할 수 없었다. 자신이 하는 말에 대한 자각도 없었던 것 같다. 외부에서 찾아든 영감에서 비롯된 언행이었다. 그렇게 완벽하게 경찰관을 침묵시키고 법의 힘을 마비시킬 수 있는 말도 없었을 것이다. 애거사는 무언가에 홀린 사람처럼 말했다. 그런데 신에게 홀린 것일까, 악마에게 홀린 것일까?

무엇이었든 간에 애거사는 극도의 위협에 뒤이어 찾아온 안전한 감각을, 이루 말할 수 없는 안도감을 느꼈다. 게다가 이웃들이 멀리 떨어져 있었기에 그는 이후 몇 주 동안 마을에 떠돈 소문에 대해서는 알지도 못했다. 이 추문에는 특별히 자극적인 맛이 있었다. 사람들은 추문을 믿지 않으면서도 입에서 입으로 되풀이해 전했다. 상상도 할 수 없는 일이었다. 애거사를 보기만 해도 그 경찰관의 이야기가 말도 안 된다는 것을 알 수 있었다. 그러나 그토록 말도 안 되기 때문에 더욱 재미있기도 했다.

목사와 번스 부인은 심란했다. 보데넘 아가씨의 하인들과 마찬가지로 그 부부도 이 일을 어떻게 생각해야 할지 난감했기에 애거사와 클러리사의 품성에 대해 의논했다. 비록 보데넘 아가씨가 늘 이 교구에서 살기는 했지만 부부는 사실 그에 대해 아는 것이 아무것도 없었다. 누구나 다 그랬다. 애거사는 확실히 비밀스러운 사람이었다. 그럼에도 그가 비밀을 숨기고 있으리라고는 상상하기 어려웠다.

한편 클러리사의 등장은 수수께끼였다. 애거사는 클러리사가 누구인지, 어디서 왔는지 말한 적이 없었다. 클러리사의 태생에 무언가 수치스러운 구석이 있는 것 같았다. 보데넘가의 누군가가 낳은 혼외자일 가능성도 있었다. 하지만 만약 그렇다 쳐도 평소에 친척을 거의 만나지도 않는 애거사가 이 비쩍 마른 아이를 데려다 집에서 키운다는 건 매우 이상한 일이었다.

번스 부인은 불안했다. 부모가 누군지도 모르는 아이가 장차 어떤 불온한 기질을 나타낼지는 모르는 일이라며, 그의 어린 키티에게 클러리사가 과연 안전한 친구가 될 수 있을지 걱정스러워했다.

목사는 그 말을 듣지 않았다. 그는 유전을 믿지 않았고 교육과 환경의 힘을 굳게 신뢰했다. 보데넘 아가씨의 집에서 자란 아이가 해로운 영향을 받을 일은 없으리라고 생각했다. 비록 보데넘 아가씨는 경찰관을 통해 안 좋은 평판을 얻은 모양이었지만, 어쨌든 그 경찰관은 늙고 어리석은 사내일 뿐이니 모든 걸 오해했을지도 모를 일이었다. 성직자로서 그는 클러리사를 신의 아이로 간주한다고 선언했으며 혈통에 대해서는 더 이상 문제 삼지 않았다.

한편 이 시점에서 애거사는 새로운 시련을 치르고 있었다. 어느 날 아침 정원에 나간 애거사는 늙은 헌트가 눈물을 흘리고 있는 것을 보았다. 그의 외동딸이 한 양치기와 결혼해 24킬로미터쯤 떨어진 구릉지대의 오두막에서 살고 있었는데, 얼마 전 낳은 첫아이가 이틀간 사투를 벌이다 미처 세례도 못 받고 죽어버렸다는 것이다. 그 마을 사제는 비기독교인 아이의 무덤에서 장례식을 치러줄 수는 없다며, 기도서에 의해 금지된 일이라고 했단다. 딱한 헌트는 삽을 짚고 기대서서, 축복받지 못한 무덤에 누워 있는 아기를 생각하면서 뺨에 눈물을 떨어트리며 흐느꼈다.

연민과 걱정에 가득 찬 애거사는 번스 목사라면 그렇게 가혹하지 않을 것이라 믿었다. 그는 목사에게 그 마을 사제를 설득해달라 말하려고 서둘러 목사관으로 찾아가려 했다.

그런데 놀랍게도 헌트는 그럴 필요가 없다고 했다. 비록 가혹하기는 해도 받아들이겠다며, 사제의 결정에 구태여 저항하지 않겠다고 했다.

“아닙니다, 아가씨. 이미 벌어진 일을 돌이킬 수는 없지요.

아이가 이미 마지막 숨을 내쉬었으니 바로잡기엔 너무 늦은 겁니다. 아이를 세상에 내보낸 책임이란 그런 겁니다. 아이가 영원한 구원을 받을 수 있게 안배해줘야 하지요. 그러지 못하면 아이는 구원받을 가치가 없게 되어요. 부모가 지은 죄로 자식이 벌을 받는 게지요. 틀림없어요. 그게 하나님의 법이고, 그걸 바꿀 순 없는 노릇입니다."

애거사는 기겁해서 말했다.

"하지만 자네 딸의 잘못이 아니잖은가. 너무 외딴 데에 살아서 멀리 떨어진 사제에게 세례를 부탁할 수 없었던 것뿐이지."

"정 그러면 직접 세례를 줄 수도 있었습니다. 또 그랬어야 했고요. 심지어 여자라도 위급할 때는 세례를 줄 자격이 주어지는 법입니다. 저희 어머니를 돌봐줬던 간호사가 제 막내 남동생이 죽기 직전에 세례를 줬던 게 기억나는군요. 찻잔으로 물을 떠서 끼얹고 '순결'이라는 세례명을 지어줬지요. 내가 아는 사람 중 '순결'로 불리는 사람은 그 애뿐입니다. 그러고 한 시간도 안 되어 숨이 멎었습니다. 하지만 순결은 저나 아가씨와 마찬가지로 기독교인이지요. 내 딸도 그렇게 했어야 했던 겁니다. 영원한 구원이냐 아니면 영원한 지옥이냐 둘 중 하나니까요."

애거사는 집 안으로 들어갔다. 그는 헌트의 주장에 마음 깊이 반발했고 분개했지만, 자신의 신학으로 그를 논박할 수는 없었다. 어쩌면 헌트가 옳을지도 몰랐다. 그런 끔찍한 가능성 앞에서 위험을 감수하고 싶은 사람은 아무도 없을 터였다.

그리고 언제나처럼 애거사는 클러리사만을 생각했다. 클러리사도 세례받은 적이 없기는 마찬가지였다. 하지만 그 애에게 불멸의 영혼이 있기는 할까? 상상의 편린에 불과한 그 애 안에 영원한 삶을 부여받을 만한 무언가가 있을까?

이 문제를 번스 씨와 상의해 위안을 얻을 수는 없었다. 목사가 경찰관처럼 곤란한 질문들을 던질 가능성을 맞닥뜨릴 수 없었기 때문이다. 하지만 자신이 클러리사를 영원한 천벌에 빠지도록 내버려두는 악독한 짓을 저지를 위험 역시 맞닥뜨릴 수 없었다. 게다가 만약 클러리사에게 영혼이 없다 해도 세례를 받아 거듭나면 새로 생길 수도 있고, 덩달아 불멸의 은혜도 주어질지 모르는 일이었다.

애거사는 늙은 헌트의 어머니를 돌봤던 간호사처럼 아이에게 직접 세례를 줘야겠다고 생각했다.

기다린 끝에 일요일이 되었다. 하인들이 모두 오후 산책을 나가고 집은 아주 조용하고 적막해졌다. 애거사는 클러리사를 불러 그 애가 처음 나타났을 때 입고 있던 드레스를 입혔다. 클러리사에게 하얀 드레스는 그 옷밖에 없었기 때문이다. 아이의 손을 잡고 서재로 데려가서 문을 닫았다. 서재는 집 안에서 가장 덜 사용하는 방이었다. 아버지가 죽고 나서는 사실상 폐쇄된 방이나 마찬가지였다. 블라인드가 언제나 내려져 있었고 카펫은 햇빛에 바랠 일이 없었다. 그래서 애거사가 어렸을 때 가끔씩 문을 살그머니 열고 안을 들여다보면, 항상 황혼에 잠겨 있고 오래된 책들이 벽에 줄지어 늘어서 있는 광경이 마치 다른 방이 아니라 다른 세계를 들여다보는 듯했다. 죽은 자들이 소중히 여겼던 물건에 깃들기 마련인 신성한 분위기가 그 방에도 스며 있었다.

클러리사가 이따금 서재에 뛰어 들어가 책을 찾곤 하면서 그곳에 활기가 돌았지만, 클러리사와 애거사가 그 안에 앉아 있었던 적은 한 번도 없었다. 이제 함께 서재에 들어서면서 애거사는 이곳이 자신의 이해력을 넘어서는 공간이라는 생각에 경외심을 느꼈다. 그는 '시스티나 성모'의 사진이 든 커다란 액자 아래 클러리사와 나란히 서서 그 애에게 팔을 두르고, 이제 세례를 받을 때가 되었다고, 그 애가 하나님의 아이이자 천국의 후계자가 될 거라고 말했다. 깊은 감동을 받아 목소리가 떨렸고, 자신이 하려는 일이 무척 긴장되기도 했다. 그러나 그를 흔든 것은 열정이었고 바로 그 열정 덕분에 불안을 극복할 수 있었다. 마음속에는 기독교 장례를 거부당하고 제 부모의 죄 때문에 영원한 벌을 받게 되었을 아기가 어른거렸다. 클러리사는 강렬한 인상을 받고 엄숙한 황홀경에 빠진 눈치였다. 그 애는 아주 가만히 서서 숨을 참으며 눈을 감고 있었고, 그동안 애거사는 기도서에 실린, 유아를 위한 대세• 기도문을 낭독했다. 손에는 어머니의 대부가 갈릴리 바닷가에서 주워 왔다던 조개껍데기를 들고 있었다. 세례를 주는 부분을 읽을 시점이 되어서 조개로 뜬 물을 클러리사의 이마에 부어주었다. 물줄기는 아이의 이마를 적시고 뺨 위로 흘러 머리카락, 속눈썹, 코, 턱을 타고 떨어졌다. 갑작스러운 한기에 클러리사는 숨을 헉 들이켜더니 창백해지면서 부들부들 떨었다. 마치 방 안에 새로운 생명이 들어선 것처럼 한차례 진동이 느껴졌다. 애거사는 경이로운 정적 속에서 클러리사를 꼭 껴안고 있다가 조그마한 얼굴에 입을 맞췄다. 입술에 닿는 신선하고 차가운 물기가 느껴졌다.

애거사의 입맞춤이 클러리사를 지상으로 되돌렸다.

"이제 내가 할래. 내가 엄마한테 세례를 줄게."

애거사가 세례는 평생 한 번만 받는 거라고 하자 클러리사는 실망했고 다소 긴가민가했다.

하지만 함께 정원으로 나가면서 애거사는 믿을 수 없을 만큼 홀가분했다. 마음의 짐을 덜었더니 자신감도 넘치고 안전해진 기분이었다.

"나도 세례 기념 컵 가져도 돼? 그릇장에 들어 있는 엄마

• 사제를 대신해 예식을 생략하고 세례를 주는 일.

세례 컵 같은 거?"

애거사는 컵이든 나이프든 포크든 성경이든 세례를 기념할 수 있는 선물은 무엇이든 가져도 된다고 했다.

클러리사는 무엇을 고를지 고민하며 깡충깡충 뛰어다녔다. 애거사는 무릎에 편안히 손을 올리고 완전한 평화에 잠긴 채 앉아서 아이를 바라보며 그 애가 끊임없이 늘어놓는 수다를 듣고 있었다. 몇 분간 클러리사는 시야에서 사라져 도로를 면한 대문 근처에서 노는 듯싶더니 얼굴이 새빨개진 채 후닥닥 뛰어 돌아왔다. 애거사에게 말소리가 들릴 만큼 가까워지자마자 그 애가 말했다.

"나 세례 선물로 뭐 받고 싶은지 골랐어. 하나님이 바로 오늘 보내주신 거야."

애거사는 그 애를 따라나섰다.

"대문으로 빨리 와, 빨리. 밖에 작고 불쌍한 원숭이가 있어. 너무 아파서 죽을 것 같아. 남자애는 너무 가난해서 원숭이를 따뜻하게 해줄 수가 없대. 내가 그 애한테서 원숭이를 사들이고 싶어."

"하지만 클러리사, 원숭이는 안 돼."

애거사는 동물이라면 다 무서워했다. 개, 황소, 쥐도 그렇거니와 원숭이는 그가 감당할 수 있는 범위를 완전히 벗어났다.

클러리사는 이미 애거사의 손을 잡아끌고 있었다. 매우 빠른 속도로 자기 말만 하느라 애거사의 말은 귀담아듣지 않았다. 클러리사는 하나님이 원숭이를 보내주신 것이 확실하며, 자신이 세례를 받은 바로 오늘 원숭이의 목숨을 구해주는 선행을 베풀어야 한다고 믿었다. 원숭이는 살아 있으니 다른 어떤 선물보다 낫고, 이제 클러리사가 기독교인이 되어 하나님을 도와 둥지에서 떨어진 작은 참새조차 돌봐야 할 의무가 있기에 원숭이가 내려온 것이 틀림없다고 했다.

애거사는 참새와 원숭이는 매우 다른 것이라고 생각했지만 클러리사의 열의를 꺾고 싶지 않았다. 아까 서재에서 보낸 시간이 클러리사에게 전에 없던 무언가를, 즉 소중히 여기고 계발해야 할 무언가를 선사했음이 증명된 듯했다. 그래서 애거사는 대문 밖에 서 있던 오르간을 든 소년에게서 원숭이를 사들이겠다고 동의할 수밖에 없었다.

소년의 품에 누워 있는 작은 원숭이는 무척 딱해 보였다. 희끄무레하고 주름진 눈꺼풀이 안구를 거의 덮었고, 기다란 손가락이 달린 두 손은 잠든 박쥐의 날개처럼 접혀 있었다. 애거사는 녀석이 금세 죽을 거라고 확신했다.

그런데 그런 일은 일어나지 않았다. 클러리사가 잘 돌봐주었기 때문이다. 그 애는 원숭이를 따스한 플란넬 천으로 감싸주고, 뜨거운 우유를 먹이고, 온종일 품에 안고 다니고, 애거사가 말리는데도 밤에 자기 침대에 데려가 잤다.

원숭이는 죽기는커녕 아주 빠르게 회복했고 다음 날 저녁에는 팔팔해졌다. 클러리사가 아무리 기도해도 애거사는 녀석에 대한 혐오감을 떨칠 수 없었고, 그날 밤 클러리사와 함께 쓰는 침실에 또 녀석을 들이는 것을 용납할 수 없었다. 그래서 원숭이는 부엌에 마련된, 깔개와 쿠션이 대어진 따뜻한 바구니에서 잠들게 되었다. 몇 걸음 이상 벗어날 수 없게끔 다리를 사슬로 묶어 식탁 다리에 고정해둔 채로.

클러리사는 원숭이의 이름을 포핏이라 짓고, 포핏도 서재로 데려가 세례를 주라고 애거사에게 부탁했다. 부탁을 거절하자 그 애는 마음 깊이 상처를 받았다. 하지만 이 지점에서 애거사는 단호했다. 그건 자신에게 너무나 큰 의미를 지녔던 행위를 모독적으로 모방하는 짓이 될 터였다.

포핏은 자기 이름을 들을 때나 여느 소리를 들을 때나 똑같이 반응했다. 이름을 불러도 도통 와주지 않으니 클러리사는 슬퍼했다. 반면 애거사는 녀석이 부르지 않아도 자꾸만 온다는 점이 더 힘들었다. 원숭이는 조용했던 집 안에 돌풍을 일으켰다. 도자기 장식품들을 깨부수고, 우유와 잉크를 엎지르고, 피아노와 벽난로 선반에 예쁘게 덮어두었던 실크 덮개들을 찢어발겼다. 원숭이는 또 더럽기도 해서 하인들이 치를 떨었다. 법이라곤 모르고 권위에 복종하지도 않는 동물이었다. 애거사는 흉측하고 성질 사납고 히죽대는 웃음을 띤 사람 같은 녀석의 얼굴이 징글징글했다. 마치 인류를 유인원의 차원으로 끌어내려 욕보이는 것만 같았다.

게다가 녀석이 목줄을 바닥에 절거덕절거덕 끌면서 네 발로 방 안을 뛰어다니거나 가끔 화가 나서 야생적으로 이빨을 내보이며 깩깩거리고 쉭쉭거릴 때면 무척 무섭기도 했다. 그래도 클러리사가 원숭이를 아기처럼 소중히 안고 다니며 여느 여자아이들이 인형을 가지고 놀듯 녀석을 데리고 노는 모습은 감동적이고 사랑스러웠다. 하지만 클러리사가 절묘한 자세를 취할 때, 즉 몸을 부드럽게 구부리며 머리를 한쪽으로 살짝 젖힌 채 매혹적인 미소를 띨 때면, 그 애를 올려다보는 원숭이의 끔찍한 얼굴이 클러리사의 사랑스러운 모습과 대조되어 사악한 캐리커처처럼 보였다.

그러므로 보데넘가에서 포핏이 보낸 여섯 달간의 생애는 즐거운 시간과는 거리가 멀었다. 날씨가 추워지고 얼마 못 되어 원숭이가 폐렴의 습격에 굴복했을 때 애거사는 크게 안도했다. 상심해서 서럽게 우는 클러리사의 신의를 저버리는 것 같긴 했지만 말이다. 그래도 내심으로는 기뻐하는 문상객들, 애거사, 늙은 헌트, 레지, 집 안 하인들의 행렬이 포핏의 관을 운구해 성대하게 격식을 갖춘 장례식을 거행했을 때 클러리사는 조금 위안을 받은 듯했다. 무덤 위에는 다음과 같은 두 줄이 새겨진 묘석이 놓였다.

포(POPPET)

펫(A PET)

클러리사는 부득부득 그게 시라고, 아니면 적어도 아주 좋은 운율이라고 생각했다.

그들은 단둘의 삶으로 돌아왔다. 애거사는 클러리사가 지난 몇 달간 줄곧 어디에나 안고 다녔던 원숭이를 그리워하며 맥 빠져 지내지 않을까 걱정했다. 그러나 그 기억은 클러리사를 완전히 떠난 것 같았다. 그 애는 포핏을 전혀 입에 올리지 않았고, 다만 매일 산책을 나가서 들꽃들을 꺾어다 무덤 위에 화관을 만들어 놓아두기를 즐겼다. 그건 포핏과 연결된다기보다는 그 자체가 목적인 행동 같았다. 번스 부인은 클러리사가 원숭이의 죽음에 병적으로 집착할지도 모른다고 경고했지만 애거사는 그런 걱정은 할 필요가 없다는 것을 알았다. 클러리사는 현재만 살았다. 과거는 회상하지 않았다.

밖에서 보기에 애거사와 클러리사의 삶은 매우 따분한 듯했다. 가끔 번스 부부와 차를 마실 때 외에는 아무도 만나지 않았다. 비록 매주 토요일 오후 키티가 클러리사에게 놀러 오는 것이 규칙이 되긴 했지만 말이다.

가을이 되자 둘은 바다 공기를 마시러 두 주간 브라이턴의 호텔에 갔다. 거기서 새로운 사람을 사귀지는 않았고 다른 투

숙객들과 말을 섞지도 않았다. 다만 함께 걸으면서 주위 세상에는 신경 쓰지 않고 서로에게 오롯이 집중하며 활기찬 대화를 잔뜩 나누었다. 사람들은 독신자와 아이 둘이서 나눌 이야깃거리가 뭐가 있을지 종종 궁금해했다. 그들의 하루하루를 채우는 역할 놀이 속에서 얼마나 신나는 모험들이 펼쳐지는지 아무도 짐작하지 못했기 때문이다. 애거사와 클러리사는 스스로 선택한 사람들로 가득 찬, 무한한 세계 속을 살아가고 있었다.

8

애거사의 생일은 6월 6일이었다. 클러리사는 자신의 생일도 같은 날이라고 늘 말했다. 클러리사가 처음 나타났을 때 정말로 열한 살이었다면 이제는 열일곱 살이 된 셈이었다.

그래서 오늘 클러리사는 처음으로 머리를 땋았다. 애거사가 그 애에게 준 선물은 터키석 반지로, 이제는 그런 장신구를 껴도 될 나이가 되었다고 생각했다. 둘은 아침 식사 후 정원에 앉아서 클러리사의 손가락에 낀 반지를 들여다보며, 이걸로 새로운 경지가 열렸다는 생각을 했다.

그때 대문 밖에서 자동차 한 대가 멈춰 섰다. 이례적인 일이었다. 주위에 자동차를 모는 사람도 없었고, 둘 다 매년 브라이턴에서 기차역을 오가는 길에 택시를 타는 경우를 제외하고는 자동차를 타는 일도 없었다. 놀라운 일도 아니었다. 애거사와 클러리사를 비롯해 이곳 마을 사람들이 장을 보는 작은 읍내가 겨우 2.5킬로미터 떨어져 있었고 거기까지 걸어가는 들길도 아주 쾌적했기 때문이다. 애거사가 차를 타고 싶을 때면 자연히 자기 어머니가 그랬듯 이 마을의 마차를 이용했다. 시간이 갈수록 마부들은 점점 더 애거사의 원조를 필요로 하는 듯 보였다.

그럼에도 자동차는 애거사와 클러리사의 삶에서 큰 역할을 했다. 같이 하는 놀이 속에서 그들은 아주 아늑한 자동차를 소유했고, 그걸 타고 가상의 여행을 다녔기 때문이다. 잉글랜드 전역뿐만 아니라 프랑스와 이탈리아까지 갔다. 인품이 훌륭한 늙은 운전기사도 있었다. 자기만의 방식을 고집하는 완고한 남자이지만 지극히 충직하고 신의 있는 하인이었다. 클러리사는 그에게 운전하는 법을 배워서 노련하고도 대담한 운전사가 되었다.

그런데도 현실에서 자동차가 나타난 것은 둘의 일상적인 경험에서 벗어난 일이었기에 차가 멈춰 섰을 때도 이 집에 손님이 왔다는 뜻이라고는 생각지 못했다. 그런데 대문이 철컥 열리더니 키티 번스가 진입로로 뛰어 들어왔다.

어젯밤 키티의 사촌인 데이비드가 자동차를 몰고 와서 키티를 태우고 드라이브를 나온 참이라고 했다. 그래서 클러리사와 보데넘 아가씨의 생일 기념으로 둘 다 태워주려고 온 것이었다.

클러리사는 반색했지만 애거사는 이렇게 걱정스러운 생일 선물은 처음 받아본다고 생각했다. 데이비드는 전문적인 운전사가 아니고, 키티와 클러리사보다 나이가 별로 많지도 않은 남자아이일 뿐이었다. 애거사는 그게 얼마나 위험한지 알았다.

키티가 말했다.

"하지만 데이비드는 운전을 무지 잘하는걸요. 어제 320킬로미터도 넘게 운전했어요. 경주에서도 많이 이겼고요."

이 말은 애거사를 달래주기는커녕 정반대의 효과를 일으켰다. 만약 경마 기수가 모는 마차를 탄다면 안심되기는커녕 더 불안할 터였다. 하물며 자동차경주 선수는 경마 기수보다 더 무모할 것이다.

애거사는 초조하게 웃고 자신은 그보다 안정적인 운전사를 선호한다고 말했다.

하지만 그때 클러리사의 실망한 얼굴을 보았고, 자신의 뜻을 굽힐 수밖에 없다는 것을 알았다.

클러리사는 조수석으로 뛰어올랐고 애거사와 키티는 뒷좌

석에 탔다.

차는 무시무시하게 빠르게 달렸다. 애거사는 바람 때문에 숨이 막혔고 자꾸 날아가려는 모자를 간수하느라 안간힘을 썼다. 챙을 붙잡고 당겨대다보니 자신이 모자처럼 우글쭈글해진 기분이 들었다. 그 와중에도 클러리사를 지켜보고 있었는데, 그 애도 기대했던 것만큼 드라이브가 즐겁지는 않은 눈치였다. 차 밖으로 지나쳐 가는 시골 풍경이 아니라 운전대에만 시선을 붙박고 있는 것을 보니 데이비드의 운전 실력을 의심하며 불안해하는 기색이 역력했다.

잠시 뒤 클러리사가 데이비드에게 뭐라고 질문을 했다. 애거사는 뒷좌석에서 소리쳤다.

"데이비드에게 말 걸지 마! 그러면 주의를 빼앗기잖아. 위험하다고."

그러자 경악스럽게도 데이비드가 앉은 자리에서 몸을 거의 돌리다시피 하고 어깨 너머를 돌아보며 이렇게 대답했다.

"괜찮아요. 전혀 방해 안 돼요."

애거사는 외쳤다.

"아무하고도 말하지 마."

애거사는 공포를 내비치면 키티의 눈앞에서 체면을 구기게 되리라고 생각했기에 애써 참았다. 하지만 클러리사가 또 데이비드에게 말을 거는 걸 보고 있으려니 고역이었다. 데이비드는 그 애에게 이런저런 손잡이와 페달 들의 사용법을 설명하는 듯했다.

잠시 뒤 데이비드가 속력을 늦추었고, 애거사는 비로소 숨을 몰아쉬었다.

"나도 운전해보고 싶어."

클러리사가 어깨 너머를 돌아보더니 애거사에게 매혹적인 미소를 지어 보이며 말했다.

"안 돼, 안 돼! 얘야, 넌 운전할 수 없어. 그래서도 안 되고. 제발 그러지 마. 위험하단 말이야."

애거사는 자신이 바보처럼 굴고 있다는 걸 알았지만 주체할 수 없었다. 생사가 갈리는 문제였다.

데이비드가 말했다.

"그냥 해보게 해줘요. 제가 운전대에 손 올리고 있을게요. 안전할 거라 약속해요."

"절대로 안 돼."

애거사가 말했다. 평생 클러리사에게 이렇게 강경하게 말한 적은 처음이었다. 클러리사는 그의 격앙된 태도에 놀랐다.

"엄마가 그렇게 생각한다면 당연히 안 해야지."

클러리사는 그렇게 말했지만 약간 샐쭉해 보였다. 서로의 뜻이 그렇게 부딪친 적은 처음이었다. 그들 위로 먹구름이 드리웠고, 데이비드는 운전을 마저 했다.

클러리사는 처음엔 따분해했지만 금세 흥미를 되찾았다. 직접 운전을 하지는 않았지만 데이비드에게서 배울 수 있는 것은 다 배우고 있었다. 한 번은 그 애가 운전대에 손을 얹고 데이비드가 방향을 잡는 걸 도와주기까지 했다.

애거사는 못 본 척했다. 더 이상 말을 보태지 않았다.

드라이브는 두 시간쯤 이어졌다. 차가 집으로 돌아왔을 때 애거사는 재빨리 뛰어내린 후, 작별 인사를 제대로 하지도 않고 서둘러 집으로 들어가 침실로 올라갔다. 어지럽고 심하게 메슥거렸다.

클러리사는 대문 밖에서 몇 분쯤 더 시간을 보내며, 자신이 얼마나 간절히 애거사의 허락을 받아 운전을 배우고 싶은지 이야기했다. 데이비드와 키티는 클러리사가 이토록 열성적으로 운전을 배우고 싶어 하는 데에, 그리고 드라이브는 처음 해보면서도 서슴없이 운전대를 잡으려 하는 기백에 놀랐다. 클러리사가 상상 속에서는 오랫동안 숙련된 운전자였다는 것을, 그래서 자신이 차에 탔으면 자연히 운전을 해야 마땅하다고 여긴다는 것을 그들은 알 도리가 없었다.

점심 식탁에서 만난 애거사와 클러리사는 아까의 드라이브로 서로가 매우 다른 영향을 받았음을 대번에 알아차렸다. 애거사의 얼굴은 모래색이었고 평소 단정하던 머리카락이 덥수룩하게 헝클어져 있었다. 엉망진창이고 기진맥진하고 망

가진 듯 보였다. 반면 클러리사는 어느 때보다도 혈색이 좋았다. 오늘 아침 애거사와 헬렌의 도움을 받아 뒤로 단단히 틀어 올려 핀으로 공들여 고정했던 머리카락이 이제는 핀에서 다 빠져나와 제멋대로 유쾌하게 흐트러져 있었다. 눈이 반짝거렸고 새로운 열정과 열의로 가득 차 있었다.

"난 운전을 꼭 해야 해. 제발 허락해줘. 그리고 자동차도 한 대 사줘. 그러면 내가 엄마를 태우고 다닐게. 우리 놀이를 진짜로 만들 수 있는 거야."

애거사가 새침하게 대꾸했다.

"자동차를 진짜 타는 것보다는 타는 척하는 놀이가 더 내 취향에 맞아. 나는 드라이브가 너무 싫었어. 속이 울렁거린다고."

클러리사는 믿기지 않는 눈치였다.

"엄마도 곧 적응할 거야. 그러면 나만큼 좋아하게 될 거야."

"전혀! 차가 움직이는 느낌이 마음에 안 들었어. 소음도, 진동도, 바람도 너무 싫어. 상상 놀이를 할 때는 이런 불편한 요소들 없이도 차를 탈 수 있잖아."

"하지만 상상 속에서는 진짜 드라이브가 주는 재미도 없잖아."

"상상은 그 누구의 자동차보다 먼 곳으로 우리를 데려다줘."

애거사는 이 말엔 반박할 수 없으리라고 생각했다. 그런데 클러리사가 이렇게 말했다.

"하지만 상상만 하는 건 허무하잖아."

애거사는 눈물이 터져 나오려는 걸 간신히 참아냈다.

"그래도 상상하면서 너랑 나랑 얼마나 재밌게 놀았는데. 이제 그 놀이는 다시 안 하려는 거니?"

"당연히 아니지. 그 놀이는 언제 해도 재밌을 거야. 하지만 상상하던 일을 진짜로 하면 더더욱 재밌을 거 아냐. 전에는 그런 일이 가능할 거라고 생각 못 했는데, 우리가 얼마나 많은 기회를 놓쳤는지 이제 알겠어."

그때 애거사는 자신이 클러리사와 어울리기에는 나이 들었다는 것을 깨달았다.

그는 위층으로 올라가 침대에 누워서 심란한 생각들을 가누려 애썼다.

클러리사가 잔인한 줄도 모르고 내뱉은 잔인한 말들이 머릿속에서 자꾸만 맴돌았다.

'우리가 얼마나 많은 기회를 놓쳤는지……. 상상만 하는 건 허무하잖아!'

그럼에도 클러리사는 그동안 애거사만큼 지극히 행복하게 지냈다. 지난 6년을 돌이켜보면 알 수 있는 사실이었다. 그런데 지금 애거사는 침대에 누워서 무언가 끝나버린 것을 돌아보듯 그 시간들을 돌이켜 생각하고 있었다. 이미 벗어난 과거의 분위기를 회상하고 있었던 것이다.

클러리사가 어른이 되었다고 할 만한 날에 정작 애거사는 처음으로 자신보다 얼마나 어린지 실감했다는 사실이 기묘했다. 클러리사는 그 어느 때보다 어렸다. 둘 사이의 평화를 깨뜨린 것이 바로 그 어린 사람 특유의 기질이라는 사실을 애거사는 진작 알았어야 했다.

애거사는 사실상 평생 클러리사와 연기 놀이를 해왔고 그것을 즐겼다. 함께 상상한 온갖 신나는 모험 속에는 놀랄 일도, 해결할 수 없는 재난도 일어나지 않는, 모든 사건을 전적으로 통제할 수 있는 세상이 주는 평온한 확실성이 있었기 때문이다. 반면 클러리사는 그 놀이에서 진짜 모험의 세계와 가장 가까이 접촉할 수 있는 통로를 발견했다. 그 애는 어쩌면 애거사보다도 더 오롯이 놀이에 몰두했고, 그 놀이가 진짜라고 믿다시피 했기에 만족스러웠던 것이다. 그런데 이제 바깥 세계를 한번 조우하니 자신이 원하는 것은 삶 자체라는 사실을 깨달은 셈이었다.

애거사는 클러리사를 곁에 두려면 그 애와 함께 가는 수밖에 없다는 것을 서서히, 고통스럽게 깨달았다. 그 애는 진짜 행위를 하고 싶어 했다. 그래, 정 그렇다면 해야지. 하지만 애거사도 함께해야 했다. 이제까지 그들의 삶은 전적으로 애거사가 이끌어왔고, 그가 이끄는 한에서는 아무 일도 일어나지 않았다. 둘은 아무것도 안 하고 다만 무언가를 하는 놀이만

했다. 그런데 이제 클러리사가 주도적인 역할을 할 터였고, 그 애는 애거사가 창조하고 클러리사와 함께 살았던 인공적인 세계에서 벗어나 일상의 세계로 나아가려는 듯했다. 이제까지 편안하게도 저 멀리 바깥에만 있었던, 애거사의 세계보다 더 진부하고도 당황스럽게 느껴졌던 바로 그 세계로.

두려웠다. 하지만 차를 마시러 내려갔을 때 애거사는 이미 마음을 정한 상태였다. 둘의 뜻은 하나여야 하고 그것은 곧 클러리사의 뜻이어야 한다고. 아무리 자동차가 공포스러웠어도 클러리사와의 결합이 깨지는 것만큼 무서운 일은 세상에 없었다. 둘이 함께하는 것이라면 무엇이든 맞닥뜨릴 수 있고 심지어 즐길 수도 있을 터였다.

9

"오늘 아침에 나를 무척 한심하다고 생각했겠지."

애거사가 다탁 앞에 앉아 생일 케이크를 먹으며 말했다.

"내가 몸이 안 좋았어. 차를 탔더니 많이 힘들었고. 그만큼 오래 드라이브를 한 건 처음이었다는 점도 감안해야겠지. 나중에 다시 하면 그때는 즐거울 거야."

클러리사가 반색했다.

"다시 해보겠다니 정말 기뻐. 엄마도 나만큼 드라이브를 좋아했으면 좋겠어. 엄마가 싫어하는 걸 내가 즐거워할 순 없잖아."

"싫어하진 않을 거야. 하지만 정말로 솜씨 좋은, 전문적인 운전사가 모는 차를 타야 더 안전한 기분이 들 것 같아. 젱킨스처럼 말이야(젱킨스는 그들의 상상 속 기사였다)."

클러리사는 애거사의 팔 아래로 손을 미끄러뜨리고는 몸을 기대며, 아주 사랑스럽게 그의 얼굴을 올려다보며 속삭였다.

"운전 배우는 것 허락해줘."

애거사는 동요했지만 내색하지 않았다.

"그래, 너도 운전을 배우면 언젠가는 아주 잘하게 될 거야. 하지만 못내 걱정이 되는구나. 걱정이 안 되는 척할 순 없는 노릇이지. 그런 무모한 청년 말고 진짜 운전사에게 배워야 해."

"그런 선생님이 누가 있을까?"

애거사가 단호하게 말했다.

"이곳엔 없어. 나는 네가 가능한 한 최고의 수업을 받기를 바라. 그러려면 배스에 가야 할 것 같구나."

클러리사가 펄쩍 일어나 춤을 추듯 방 안을 뛰어다녔다. 그 애를 지켜보던 애거사는 어째서인지 클러리사가 처음 나타났던 순간을 떠올렸다. 긴 초록빛 오솔길을 뛰어가다 길 끝에서 사라져버렸던 순간을. 지금도 그때처럼 빠르고 덧없는 어린 시절의 빛이 그 애의 얼굴에 어려 있었다.

"좋아, 좋아! 엄만 정말 친절해. 전혀 안 내킬 텐데도 허락해주다니. 하지만 내가 운전할 수 있게 되면 엄마도 틀림없이 좋아할 거야. 그리고 우리만의 자동차도 사자, 응? 그러면 우리가 상상했던 온갖 탐험을 직접 떠날 수 있어. 오! 얼마나 재밌을까."

애거사는 마음의 평안을 영원히 잃은 것 같았다. 이 무모한 결단이 어디로 이어질까? 하지만 클러리사를 위해 이렇게 하기로 결심했기에 애거사는 짐짓 명랑하고도 평온한 태도로 대답했다.

"그래, 얘야. 네가 운전할 수 있게 되면 자동차도 사자. 하지만 그러려면 우선 완벽하게 숙련된 운전사가 되어야 해."

그로부터 두 주 동안 애거사는 고역을 치렀다. 하루걸러 한 번씩 그들은 배스의 자동차 학교로 갔는데, 대개 데이비드의 차를 타고 갔다. 그는 클러리사가 수업을 듣는다는 데에 열의를 내비쳤고 자신이 '안전한' 선생님이 못 된다고 여겨졌다는 데에 조금도 마음 상하지 않았기 때문이다. 배스까지 24킬로미터를 가는 동안 애거사는 힘겨워했고 집에 돌아오고 나서 저녁이면 꼭 배탈이 난다는 지독한 사실을 클러리사에게는 숨겼다. 차를 타는 동안에는 스스로를 간신히 제어했지만, 한 번은 포트스 식당의 테이블에서 도망치듯 빠져나가 거의 한 시간을 누워 있고서야 또다시 차를 타고 집으로 가는 여정에 오를 수 있었다.

클러리사는 운전을 빨리 배우진 못했다. 그 애가 전에 시도했던 것들과는 완전히 다른 종류의 일이었으니 그럴 만도 했다. 하다못해 재봉틀도 써본 적이 없는 아이였다. 그러니 커다란 엔진, 기어, 클러치, 브레이크에 솔직히 어리둥절해했다. 그 애를 가르치는 엔지니어는 한결같이 말을 쏟아냈고 대부분은 알아듣기 어려운 내용이었다. 그는 운전의 세부 사항들을 유창하게 설명했고 클러리사는 겸손하게 귀를 기울였지만 그 말들과 차 안의 핸들이며 페달이 어떻게 연결되는 것인지는 잘 파악하지 못했다. 애거사는 클러리사가 너무 어려워서 배우기 힘들겠다고 생각하기를 은밀히 바랐고 선생도 그렇게 판단하리라고 믿었다. 하지만 헛된 바람이었다. 클러리사는 운전을 어떻게든 해낼 작정이었다. 수업이 없는 날이면 그 애는 목사관의 차고에 있는 데이비드의 차 안에 앉아 시동을 걸지 않은 채로 기어 전환, 브레이크와 클러치 페달의 사용법을 연습하며 아침나절을 보냈다. 한 번에 몇 시간이고 그렇게 열중했다. 다른 사람들이라면 싫증을 낼 법했지만 클러리사는 그러지 않았다. 비록 움직이지 않는 차라고 해도 진짜 차 안에서 상상의 여행을 떠나는 것은 애거사와의 상상놀이보다 한 발짝 더 현실로 나아간 셈이었기에 정지된 차를 운전하는 것만으로도 클러리사는 충분히 만족했다. 평생 상상 놀이를 해온 덕분에 자신의 상상력이 작용하는 곳이라면 어디에서든 행복해질 수 있는 기술을 습득한 것이었다. 그래서 클러리사는 차고 안에서 우뚝 멈춰 선 차의 기어를 바꾸며 만족스럽게 앉아 있었고, 이제 애거사는 그 애가 목사관 뜰 밖으로 차를 몰고 나갈 일이 없기를 바라게 되었다. 저런 방식의 운전이라면 애거사도 좋았다.

데이비드와 키티는 클러리사의 마음 상태를 이해하지 못했다. 그들은 보데님 아가씨의 별난 고집에 화가 났고, 클러리사를 설득해 같이 드라이브도 가고 도로에서 연습도 하고 싶어 했다. 클러리사의 행동반경이 보데님 아가씨의 역량에 의해 한정된다는 것이 그들에게는 참을 수 없는 일이었다. **애거사**가 움직이는 차를 타면 속이 울렁거리기 때문에 클러리사도 움직이지 않는 차만 타야 하고, **애거사**가 차 타기를 무서워하기 때문에 클러리사도 도로에서 주행하는 법을 배우면 안 되고, **애거사**가 클러리사를 데리고 있길 원하기 때문에 클러리사도 애거사 없이는 어디에도 가서는 안 된다니. 그들은 클러리사가 기대하지도, 바라지도 않은 의분과 연민으로 펄펄 끓었다. 그러나 그들이 그토록 열성적으로 연민을 쏟아부어도 정작 클러리사 자신은 불편을 느끼지 못했다. 그들이 큰 소리로 열을 내도 클러리사는 그저 웃으며, 자신은 엄마와 꼭

같고, 엄마가 무엇을 느끼는지 정확히 안다고 말했다. 그리고 자신이 차고 안에서 운전하며 즐거워하는 것을 그들이 이해하지 못하자 상상력이 부족하다고 내심 생각했다.

그들은 차 안에 앉아 있는 클러리사에게 찾아와 대화를 나누었다. 동년배들과의 교류를 즐기게 된 것은 클러리사에겐 새로운 일이었다. 이전까지는 키티 번스를 제외하면 또래 친구를 사귄 적이 없었고, 솔직히 말하면 키티는 그다지 흥미로운 인물이 아니었다. 두 소녀는 서로에게 익숙했지만 좀처럼 친밀해지지 않았고, 함께 보내는 오후는 피차 노력을 요하는 시간이었다. 그런데 데이비드가 자동차를 가지고 나타나자 둘에게 공통의 관심사가 생긴 셈이었다. 하지만 차고에서 보내는 아침을 진정으로 흥미롭고 재미있게 해주는 존재는 데이비드였다. 클러리사는 그가 엘리자베스 여왕 시대의 모험가라고 생각했다. 외모도 굉장히 매력적이었다. 날씬하고, 다급해 보였으며, 머리는 새까맣고 눈동자는 먼 곳을 탐색하는 사냥꾼 같았다. 그는 클러리사의 귀에는 마법 주문처럼 들리는 이름을 가진 지역들에도 가보았다고 했다. 므와울로, 음방가, 이솜보, 비사그라 등등. 그가 이런 곳들을 두 눈으로 둘러보고 거기서 자라는 기묘한 열대식물들을 보고 밤이면 주위에서 으르렁거리는 야생 짐승들의 소리를 들었다는 게, 단지 상상만 하지 않았다는 게 근사했다.

그러나 데이비드가 말할 때 클러리사는 오로지 그 말의 내용만 생각했을 뿐 그를 한 명의 개인으로 인식하지는 않았다. 애거사와 마찬가지로 클러리사는 친구를 사귀고 싶은 마음이 없었고 그런 생각도 하지 않았다. 데이비드는 현실이라는 이름의 왕국으로 들어가는 문을 열어주는 문지기일 뿐이었고 클러리사는 그를 지나쳐 새로운 세계를 바라보았던 것이다.

그곳은 클러리사의 세계보다 훨씬 재미있었다. 데이비드는 주위를 온통 둘러싼 부조화와 역설과 우스꽝스러운 모순들을 알아보는 재미난 사고방식을 가지고 있었다. 그는 마을 사람들이라든지 그들의 관습과 같은, 클러리사가 당연하게 받아들였던 것들에서 뜻밖의 부조리를 찾아냈다. 그래서 매일매일이 훨씬 흥미진진해졌다. 삶은 웃을 만한 일들로 넘쳐났다.

보데넘 아가씨는 클러리사가 날마다 차고 속 데이비드의 자동차에 앉아 몇 시간이나 보내는 것이 부적절하다고 생각했다. 자신은 개의치 않았지만 번스가 사람들이 어떻게 생각할지 걱정스러웠다. 클러리사가 자신을 떼어놓고 거기 가는 것도 싫어서 자꾸만 이런저런 핑계를 대고 그 애를 보러 가게 되었다. 차에 가까워질수록 들려오는 젊은이들의 수다 소리도 마음에 안 들었다. 그다지 분별없는 내용인 듯했고, 클러리사가 그런 헛소리에 웃어대는 것은 더욱이 듣기 싫었다. 어리석고 심지어는 천박한 말들이었다. 그들은 자주 꽤 시끄럽게 굴었다. 차고에서 폭소가 터져 나오곤 했다.

애거사는 아무 말도 하지 않았지만 데이비드도 키티도 애거사가 탐탁지 않아 한다는 것을 충분히 눈치챘고, 그가 나타나면 언제나 화제를 더 점잖은 방향으로 바꾸는 듯했다. 애거사는 이 사실도 알았기에 더더욱 마뜩잖았다. 무언가 창피한 일이 벌어지고 있었다는 뜻으로 보였기 때문이다. 사실 애거사는 사교계에서 늘 어색하게 굴어서 그런 애거사를 대하는 다른 사람들도 어색해하고 수줍음을 타기 일쑤였고, 키티와 데이비드도 그런 통상적인 경우에 불과하다고 이해했다. 애거사의 인간관계에서 늘 나타나는 특징은 조심성이었으니 차고에 애거사가 나타나면 키티와 데이비드도 그런 조심성을 띠는 것이라고 말이다. 하지만 클러리사가 처음으로 그 조심성을 벗어났다는 점이 새롭게 느껴졌다. 클러리사는 타인들과 접촉할 길을 찾은 것이었다. 애거사는 그 대비가 고통스러웠다.

애거사는 데이비드와 키티가 자신을 분위기에 초 치는 사람쯤으로 여긴다는 것을 알았고, 그래서 그들을 싫어하게 되었다. 클러리사는 그러지 않을 터였지만 그들은 클러리사도 자기네 생각에 동조하리라 믿을 듯했고, 그 점이 뻐저리게 가슴 아팠다.

거기서 벗어날 길은 하나뿐이었다. 고통스럽고 심지어는

끔찍한 길이었지만 유일한 탈출구였다. 더 지체하지 않고 클러리사에게 자동차를 사주는 것이었다. 애거사는 클러리사의 새로운 관심사를 다른 누구의 개입도 없이 그들끼리만 공유하는 무언가로 만들어야 했다. 그러면 클러리사는 자기 집 차고에 앉아 있게 될 테고 데이비드에게 빚질 일도 없을 것이었다. 애거사가 클러리사 곁에 있을 테니 데이비드와 키티가 찾아와서 같이 노닥거릴 필요도 없게 될 터였다. 극단적인 해결책이었지만 달리 방도가 없었다.

클러리사는 무한한 기쁨을 느꼈다. 이렇게나 금방 차를 사준다는 데에 믿을 수 없을 만큼 놀랐지만, 애거사의 숨은 의도는 알아차리지 못했다. 아마 애거사도 배스로 가는 여정을 즐기게 되어서 이제는 더 멀리 가보고 싶어 하는 모양이라고 짐작할 뿐이었다.

"당연하지만 그걸 네가 몰고 다니는 건 아직 먼일이야. 자동차 학교에서 아주 숙련된 운전사를 불러서 차를 여기까지 가져오게 할 생각이야. 그 사람이 우리를 태우고 다닐 거고, 네게 운전도 가르쳐줄 거야."

그러려면 또 하루 동안 배스에서 데이비드, 키티와 함께 한참을 보내야 했다. 클러리사가 자동차를 고르는 데 그들의 도움을 받고 싶어 했고, 애거사 자신도 남자가 동행하면 좋겠다고 생각했기 때문이다. 차의 여러 종류에 빠삭하고, 어떤 질문을 해야 할지 알고, 판매자가 속임수를 쓰지는 않는지 살펴줄 만한 남자가 필요했다.

그래서 그날은 모두 함께 갔다. 애거사는 차를 타고 가는 여정이 평소처럼, 아니 사실 평소보다 더 고역스러웠다. 자신이 파멸을 향해 달려가고 있다는 느낌은 드는데 그 파멸이 무엇이 될지 예견할 수 없었기 때문이다. 클러리사도 데이비드의 차를 타고 가는 과정이 평소보다 즐겁지 않았다. 아무리 연습을 했어도 길에 나왔을 때는 누군가를 마주칠지도 모르니 자신이 운전대를 대놓고 잡을 수 없었기 때문이다. 실패한 기분이었다. 하지만 자동차를 구입하고 새 운전사에게 연수를 받고 나면 상황이 달라지리라고 믿었다.

그래도 배스에서는 모두가 즐거워했다. 애거사는 막상 자동차를 살 때가 되자 흥분하는 자신을 발견했다. 번쩍번쩍 광이 나고 호화로운 천이 씌워진 차들은 모두 완전히 새것이었고 중요하고도 안락해 보였다. 클러리사는 흥분해서 까치발을 딛고 다녔으며 판매자가 새로운 자동차를 보여줄 때마다 깡충 뛰어 들어가 운전석에 앉아보았다. 그 애는 그렇게, 완강하고 단호한 모양새의 차들과 대조되는 하얀 드레스 차림에 작고 하얀 몸으로 차 안에 앉아 있었다. 데이비드는 상황을 능수능란하게 통제하며 애거사로서는 경탄하지 않을 수 없는 방식으로 자동차 구입 절차를 밟아나갔다. 한편 키티는 자신이 보데넘가를 자동차의 세계로 끌어들였으니 이 모든 일이 자기 덕택이라고 생각했다.

차를 사고 나니 아침이 다 갔다. 그들은 점심을 먹으러 포트스 식당에 갔다. 애거사는 언젠가 자신도 클러리사와 함께 무언가를 상상만 하지 않고 진짜로 하는 것이 근사하다고 생각할 날이 올지 모른다는 생각을 처음으로 했다. 예컨대 식당에서의 점심 식사만 하더라도 그랬다. 이곳의 음식은 집에서 먹는 것과는 전혀 달랐고, 사실 애거사의 입맛에는 덜 맞았다. 하지만 예상을 벗어나는 즐거움과 고유함이 있었다. 클러리사는 다른 두 친구와 함께 메뉴판을 훑어보고 신비로운 이름의, 실체가 어떨지 상상할 수도 없는 음식들을 주문하는 것을 무척 재미있어했다. 얼음도 일행 중 누구보다 많이 먹었다. 클러리사는 조그마한 요정처럼 보이는데도 항상 애거사보다 많이 먹었고, 그러면서도 소화불량에 걸릴 기미가 없었다. 애거사는 기름진 걸 먹기만 하면 코와 광대뼈 끝이 벌겋게 물들고 그 밖에 불편한 증상들이 나타나기 일쑤였는데 말이다.

그들은 펌프 룸•으로 가서 콘서트를 보았다.

• 온천 도시로 유명한 배스의 유서 깊은 건물. 온천수와 더불어 음식을 즐길 수 있는 식당이 있으며 다양한 사교 행사가 열린다.

애거사는 음악도 좋았지만, 모차르트 사중주를 감상하고 연주자들의 몸짓을 지켜보며 넋을 잃은 클러리사의 얼굴을 바라보는 것이 더 즐거웠다. 그 애가 머리를 가누는 자세, 유연하면서도 꼿꼿한 몸의 선, 벌어진 입술에서 숨을 뱉어내는 방식에는 리듬이 깃들어 있었다.

이렇게 음악을 들으며 뒤얽히는 멜로디를 좇고, 문외한인 자신의 귀에 떨어지는 온전한 화음을 느끼는 것은 신선한 경험이었다. 애거사는 자신이 기다려왔던 무언가를 마침내 발견했다는 생각이 들었다. 마치 어떤 영혼의 제작자가 조용한 공방에서 아주 작고 섬세한 악기 하나를 천천히, 그리고 정교하게 창조하고, 추구하고, 연마하며, 조각된 상아 건반들을 현들로 휘감고 조율하고 조율하고 또 조율해왔던 것 같았다. 그러다 이제 갑자기 그 현들 위에 활이 닿으면서 처음으로 낮은 선율이 흘러나온 것이다.

애거사는 이렇게 생각했다.

'클러리사는 내 악기야. 그 애가 품은 음악은 내 것이야. 그런데 이제 그 음악이 밖으로 불려 나와서 그 애도 나도 함께 들을 수 있게 된 거야.'

클러리사의 눈이 애거사의 눈과 마주쳤다. 둘은 늘 서로의 시선을 의식하고 있었다.

클러리사가 그에게로 고개를 돌렸고 애거사는 행복의 부드러운 빛에 휩싸였다. 둘은 그 빛을 공유했다. 다른 두 사람은 그 빛 밖에 있었다. 키티와 데이비드에게 이것은 여느 평범한 콘서트 중 하나일 뿐이었고 그들은 평범한 관객일 뿐이었다. 반면 애거사와 클러리사는 모차르트의 음악을 처음으로 함께 들으며 서로가 새삼 가까워지는 경험을 하고 있었다.

애거사는 이 경험에서 클러리사가 주도권을 쥐고 있다는 사실을 알았기에 더더욱 행복했다. 만약 혼자 있었다면 음악을 느끼지 못했을 것이다. 애거사는 음악에 별 의미를 둔 적이 없었다. 그런데 클러리사는 애거사와 달리 이런저런 인상에 예민했고, 그 애를 통해 처음으로 소리의 순수한 아름다움과 직접적으로 접촉하는 황홀감을 느꼈다.

그런데 돌이켜보면 애거사가 시와 책에서 발견했던 아름다움 역시 모두 클러리사를 통한 것이었다. 읽어준 사람이 클러리사였으니까. 그 모든 글이 클러리사의 낮고 여린 목소리를 거쳐 자신에게 닿았다. 그 생각을 하니 눈시울에 눈물이 차올랐다.

저녁이 되어 둘은 함께 앉아 그날 하루에 대해 이야기를 나누었다. 평소의 놀이는 잊어버렸다.

클러리사가 말했다.

"정말 멋진 하루였어. 우리는 앞으로 더 행복해질 거야. 자동차가 우리를 저 멀리 어디로든 데려다줄 거야. 음악도 자주 같이 들을 거고. 왜 진작 콘서트를 안 가봤는지 모르겠어."

"우리는 음악을 많이 들은 사람들보다 훨씬 더 즐거워했잖아."

애거사는 클러리사의 입에서 그들이 지난 6년을 낭비했을지도 모른다는 뜻의 말이 나오는 걸 견딜 수 없었다. 그렇게 치면 콘서트에 가본 적 없이 38년을 살아온 애거사의 삶은 뭐가 된단 말인가. 그는 그 세월을 후회하지 않았다. 클러리사를 소유함으로써 그 모든 것을 소유했다는 사실을 알았으니까. 클러리사는 애거사의 영원이었다. 시간의 모든 경이를 담고 있는 지고의 동시성. 그의 유일한 바람은 다만 클러리사도 그것을 느끼는 것이었다. 그날 하루가 애거사에게 어떤 새로운 경험을 주었든 그는 클러리사를 향한 사랑에서 그 경험을 이미 맛본 듯했다. 그에게 일어나는 모든 일은 이미 자신의 소유인 보물을 새롭고도 다양한 각도로 다시금 보여줄 뿐이었다.

10

그들은 매일 새 자동차를 탔다. 운전사는 보데넘 아가씨의 불안감을 완전히 이해하는 듯한 믿음직한 사람이었고, 그가 시속 24킬로미터의 평온한 속도로 시골길을 따라 차를 모니 애거사는 안심하지 않을 수 없었다. 또한 그가 애거사와 마찬가지로 클러리사의 운전 실력을 못 미더워하며, 운전대를 내주기 전에 연수를 한참 더 많이 받아야 한다는 데에 동의한다는 점에서도 다행스러웠다. 하지만 클러리사는 배우는 것 자체를 무척 좋아했고, 어차피 혼자 운전하려면 두려울 터였다. 그래서 젱킨스(놀랍게도 이 운전사의 이름도 마침 젱킨스라고 했다) 옆에 앉아 있는 데에 만족했고 길고 텅 빈 직선 도로가 이어질 때만 운전대를 잡았다.

클러리사가 일찍이 예견했듯 이렇게 차를 타고 돌아다니면서 그들은 어느 때보다 더 행복했다. 그들에게 일어나는 모든 일이 오랜 상상 놀이 속 한 장면으로 여길 만했지만, 현실은 그들보다 더욱 풍성한 상상력을 가지고 있었음이 드러났다. 애거사와 클러리사는 미처 생각도 못 할 일이 끊임없이 일어났다. 그들의 차분한 드라이브는 놀라운 요소로 가득했다. 디바이지즈에 선 시장에서 시골 사람들이 인파 틈으로 돼지를 몰고 지나가는 것을 구경할 때나 여관에서 요란하고 걸걸하게 떠드는 농부들과 한데 섞여 점심을 먹었을 때에는 평생 그 어느 때보다 많이 웃었다. 이것은 그야말로 삶을 엿보는 일이었고, 보데넘 아가씨의 응접실에서 노는 동안에는 상상하지 못한 삶의 일면이었다.

그러나 번스 부인이 데이비드가 5개월이나 머물게 됐다고 했을 때 애거사는 다소 짜증이 났다. 수단에서 데이비드는 그만큼의 휴가를 받았는데, 그의 아버지인 제독이 중국에 있었으므로 데이비드는 숙부와 숙모 댁에서 지내야 한다는 것이었다. 번스 부인은 보데넘 아가씨가 클러리사로 하여금 동년배 젊은이들과 최대한 많이 어울리도록 허락해주기를 바랐다. 시골 생활은 대개 무척 조용하게 흘러가니 이 젊은 조카가 같이 지내는 것이 그들에게는 기회라는 이야기였다.

목사관에는 여름이면 보통 테니스 코트가 생겼는데, 데이비드는 그곳만이 아니라 보데넘가의 부드럽고 이끼 가득한 잔디밭에도 테니스 코트를 그려놓자고 요청했다.

클러리사가 테니스를 배우고 싶으니 라켓을 사달라고 했을 때 애거사는 믿을 수 없었다. 클러리사는 이전까지 그런 생각을 한 적이 없었다. 키티가 아침에 목사관에 와서 같이 단시합을 하자고 종종 청했어도 클러리사는 원래 애거사만큼이나 운동경기를 따분해했었다. 그런데 올여름에는 갑자기 온갖 이례적인 활동에 빠져들고픈, 그저 시도하는 것 자체로 즐거움을 찾으려는 욕망을 느끼는 모양이었다. 그리고 운전과 마찬가지로 테니스에도 재능은 없었지만 배움에는 천부적인 재능을 갖고 있었다. 배우는 속도가 빠르지는 않았지만 누군가의 가르침을 열심히 듣는 학생이긴 했다.

애거사는 테니스 강습을 지켜보았다. 애거사는 코트에 서서 데이비드와 키티라는 두 선생의 설명을 귀뿐만이 아니라 눈과 입으로도 들었다. 콧등에 약간의 주름이 잡혔고 얼굴에는 어리둥절한 채 몰두하는 표정이 어렸다. 아주 고분고분한 태도로 손가락 하나하나를 구부리며 라켓을 정확히 잡으려 노력했다. 선생이 두 발을 딛는 것을 찬찬히 관찰한 후 그 모습 그대로 몸을 굽히며 자기 발을 정확한 위치에 주도면밀하게 옮겨놓는가 하면, 선생이 일러준 그대로 몸을 움직여 라켓을 휘둘렀다. 그런데 데이비드나 키티보다 훨씬 더 정교하게 움직였는데도 공은 잘 맞히지 못했고, 네트 위로 공을 넘기는 건 더더욱 잘 못했다.

애거사는 데이비드와 키티와 끊임없이 같이 있느라 화가 났지만, 한편으로는 그들이 자기네 시합에 방해가 되는 걸 감수하면서도 클러리사를 가르치느라 그토록 많은 수고를 기울이는 것이 무척 친절하다고 인정하지 않을 수 없었다. 그런데 어느 날 불현듯, 그것이 실은 친절이 전혀 아니라는 사실을 깨달았다. 무언가 다른 것이었다. 애거사가 전혀 염두에 두지 않은 가능성 중 하나였다.

사랑이었다.

클러리사는 라켓을 올바로 잡는 법을 좀처럼 익히지 못했다. 그 애는 휘핑크림을 칠 때 쓰는 나무 숟가락이나 장식품의 먼지를 터는 깃털 솔을 다루듯 가볍게 라켓을 들었다. 데이비드가 하는 모양을 따라 하려고 애썼지만 손가락 하나를 올바른 위치에 놓을라치면 다른 손가락들이 움직여버려서 라켓이 다시 불안하게 미끄러졌다. 데이비드가 네트를 돌아와서 클러리사의 손가락을 하나하나 잡고 고정시켜주었다. 코트 옆에 앉아 있던 애거사가 문득 그의 얼굴을 본 것은 그때였다. 클러리사의 손을 만지며 데이비드의 안팎에서 무언가가 동요했다. 형언하기 어려운, 더운 여름날 들판에서 이는 아지랑이 같은 변화였다. 애거사는 그 순간 그가 오로지 클러리사만 의식하고 있음을 알았다. 그는 테니스 시합은 잊고 있었다.

애거사는 관찰력이 예리하지 않았다. 누군가가 지적하기 전에는 무언가를 먼저 알아차리는 법이 별로 없었다. 그러나 이것만큼은 다른 누구보다도 먼저 눈치챘다. 데이비드에게서 자신과 유사한 감정이 일어났음을 즉각적으로 깨달았다. 데이비드도 클러리사를 소유하고 싶어 했던 것이다. 애거사는 그가 미웠다.

데이비드의 뺨에 혈색이 돌았고 그와 동시에 애거사의 뺨은 창백해졌다. 마치 그가 자신에게서 피를 강제로 뽑아 간 것만 같았다.

애거사는 갑자기 팽팽해진 분위기 속에서 클러리사가 어

떻게 처신하는지 괴로운 심경으로 바라보았다. 그런데 클러리사는 마치 라켓처럼 그 상황에 동요하지 않고 라켓을 잡는 데에만 오롯이 집중하고 있었다. 자신을 둘러싼 회오리바람에 그토록 무신경할 수 있다니 믿기지 않았다. 하지만 애거사에겐 그렇게 보였다.

데이비드가 손을 치웠을 때 클러리사는 라켓을 잡은 자기 손만 보고 있었다. 손가락들을 그 자리에 고정하는 데에만 집중하면서. 그 애는 손가락의 위치를 기억에 각인하고 싶어 했고, 할 수만 있다면 라켓의 손잡이 자체에도 각인하고 싶은 눈치였다.

"오, 키티, 빨리 공 던져줘. 라켓을 제대로 잡고 있을 때 공을 치고 싶어."

클러리사가 외쳤다. 키티 역시 라켓과 공 외의 세계에서 무슨 일이 벌어졌는지 모르고 있었다.

키티가 서브를 넣었다. 클러리사는 공을 빗맞혔다.

"나 아직 제대로 잡고 있어?"

클러리사가 다급한 어조로 물으며, 네트 맞은편으로 돌아간 데이비드에게 라켓을 내밀어 살피게 했다.

애거사는 그가 예의상 당황하는 척하는 것을 알아차렸다. 사실 그는 클러리사의 자세가 맞는지 틀린지 알아보지 못하고 있었다.

애거사는 재빨리 일어섰다.

"시간이 늦었다. 클러리사, 이제 안으로 들어가서 저녁 먹을 준비 하자."

일순간 그와 데이비드 사이에 시선이 오고 갔다. 서로가 서로의 적임을 알아본 순간이었다.

저녁 식사 후 클러리사가 아주 평온하고 섬세한 손길로 압착한 꽃들을 핀셋으로 집어 책갈피에 끼워 넣는 동안 애거사는 자신이 다소 바보 같다는 생각이 들었다. 이제 와서 돌이켜보면 사실 아무 일도 일어나지 않았다. 클러리사를 보면 그 애는 테니스 강습을 받았다고 생각할 뿐 그 이상의 의미는 두지 않는다는 걸 알 수 있었다. 그러면 자신이 그토록 초조해졌던 이유는 무엇이었을까? 결국 한 사람의 얼굴에 스쳐 지나간 듯했던 표정 때문이었는데, 지금은 그게 어떤 표정이었는지 기억도 나지 않았다. 특별한 말 한마디 나온 적 없었다. 이전에 테니스 코트에서 수없이 되풀이되었던 일 말고는 아무 일도 일어나지 않았다.

하지만 애거사는 자신이 오해하지 않았다는 것을 알고 있었다. 헤어질 때 데이비드와 말없이 시선을 교환했던 것을 떠올리면, 데이비드 역시도 그 사실을 알고 있다는 확신이 들었다. 변한 것은 아무것도 없을지라도 온 세상이 변했다. 그 안에서 차분하고 무신경하게 움직이는 클러리사 혼자만이 변하지 않았을 뿐이다.

어느 책에서였던가, 아무리 거칠게 날뛰는 태풍이라도 그 정중앙은 완전히 고요하다는 이야기를 읽은 적이 있었다. 폭풍이 애거사와 데이비드의 영혼을 이리저리 던져대는 동안 클러리사는 초연하게 동떨어진 상태로 그런 평화로운 수정구 속에 존재하는 듯했다. 애거사와 데이비드는 클러리사를 위해 치열하게 싸울 텐데 정작 그 애는 그 싸움에 아름답도록 무심할 터였다.

마치 아무 일도 없었다는 듯 일상이 계속되리라고는 믿기 어려웠지만 다음 날에도 모든 게 평소와 같았다. 아침에는 애거사와 클러리사가 함께 드라이브를 나갔고 점심 식사 후에는 클러리사가 테니스를 배웠으며 경기 중간중간에 긴 수다와 대화가 이어졌다. 애거사는 옆에서 뻣뻣하게 앉아 매우 어색하고 미숙한 첩보원처럼 구는 데이비드에게 시선을 붙박고 있었다. 애거사는 뻔히 그를 감시하고 있었고 데이비드도 그 사실을 뻔히 알고 있었다. 그래서 둘 다 불편해졌다.

데이비드는 그것을 너무나 잘 느껴서 보데넘 아가씨의 시야에서 클러리사를 빼낼 온갖 수단을 강구하게 되었고, 그런 한편 애거사는 그의 전략들을 피하는 데에 마찬가지로 열중했다. 그들은 무언의 시합을 벌였다. 클러리사의 무의식적 파트너의 지위를 차지하는 애거사가 이겼다. 그는 데이비드에게 절대로 밀려나고 싶지 않았고 그와 단둘이 대면할 마음도 없었다. 그러나 그 싸움이 얼마나 힘들었던지 다음 날 지독한 두통 때문에 몸져누웠다. 클러리사가 병상을 지켰다. 그 애는 온종일 곁에 앉아서 오드콜로뉴로 이마를 적셔주고 언제나 서늘한 손가락으로 어루만져주었다. 애거사는 안심했다. 두통이 사라졌는데도 그 사실을 말하지 않았다. 블라인드가 쳐진 침실에서 클러리사와 함께 있는 동안은 안전하다는 기분이 들었기 때문이다.

그날 이후로 애거사는 종종 부끄러운 책략을 썼다. 데이비드와 클러리사를 떨어트려놓는 데에 광적으로 집착하며 끔찍한 긴장에 사로잡혔다. 이삼일에 한 번씩은 두통이 있는 척하고 클러리사를 곁에 두었다. 그래야만 숨 쉴 틈을 얻어서 삶을 지속할 수 있었기 때문이다.

데이비드는 맹렬히 분개하며 번스 부인에게 이렇게 말했다.

"참을 수가 없어요. 클러리사는 어두운 방 안에 갇혀서 그 늙은 미치광이의 머리를 물수건으로 적셔주느라 인생의 절반을 쓰고 있다고요. 안전하지 않아요. 적절하지도 않고, 건강하지도 않아요."

번스 부인은 소리 내 웃었다. 애거사와 마찬가지로 그도 데이비드의 속내를 짐작했지만 그렇다고 신경이 쓰이진 않았다. 번스 부인은 그 나이대에 사랑에 휘말리는 건 지극히 자연스러운 일이며 그러다 말 거라고 생각했다.

11

애거사는 자신이 소풍을 좋아한다고 생각했고 긴 겨울날 저녁이면 클러리사와 함께 소풍 나가는 상상 놀이를 하곤 했다. 그런데 여름에는 생각이 좀 바뀌어서 다른 많은 것과 마찬가지로 멀찍이 지켜만 보는 것을 선호했다. 그는 영국 날씨에 대해 종종 언급하며(마치 지구상 다른 지역들의 날씨와 비교하기라도 하듯) 이곳에서는 풀밭에 나가 앉아 차를 마시기에 즐겁거나 안전한 날씨일 때가 거의 없다고 했다. 평생 진짜 소풍을 나가본 적은 서너 번밖에 없고, 그때마다 노골적으로 싫어했으면서도 남들과 대화를 나눌 때는 야외에서 식사하는 게 참 즐겁더라고 말하기를 좋아했다.

번스 씨는 고고학을 좋아했는데, 이 마을에 자동차가 두 대 있으니 자기 취미를 본격적으로 파고들기에 좋은 기회라고 생각했다. 그래서 다 같이 차를 타고 몇 킬로미터 떨어진 어느 흥미로운 중세 성으로 탐험을 가 거기서 차도 마시자고 제안했다. 애거사는 언젠가 그런 일을 하면 즐겁겠다고 동의하긴 했다. 하지만 만약 애거사가 자기 방식대로 했다면 그

계획은 떠올릴 때는 기분이 좋지만 실현과는 거리가 먼, 멀리서 내다보는 낭만적인 전망 같은 것으로 남겨두었을 것이다.

그런데 데이비드가 도착한 이후로 번스가 사람들은 무슨 일이든 대강 넘어가는 법이 없었다. 그래서 바로 다음 날, 날씨도 좋고 주일도 아직 멀어서 목사가 곧 다가올 설교의 부담에서 자유로운 날, 아침 식사 직후에 나타나서는 그날 오후에 소풍을 떠나자고 제안했다. 애거사는 반대할 만한 이유가 딱히 없었기 때문에 동의했다.

그날 아침은 이런저런 물건을 차에 싣느라 매우 바빴다. 애거사는 깔개 여러 장, 비옷, 쿠션, 모피, 스카프, 야영 의자 두 개, 초록색 줄무늬가 있는 흰색 파라솔 두 개, 주전자와 음식 바구니를 챙겼다. 온갖 종류의 기상 변화에 대비해 고무 덧신도 신고, 선글라스도 쓰고, 모자 위에는 널찍한 푸른 베일도 덧댔다.

차를 타고 가는 길은 아름다웠다. 그들은 댕기물떼새들이 몸을 뒤집으며 날아가는 초원을 가로질렀고, 커다랗고 둥글고 잠잠한 지평선으로 길게 줄지어 나아가는 농장 말들을 보았다. 광활한 풍경을 좋아하는 클러리사는 말없이 앉아서 밖을 바라보았다. 애거사는 그런 클러리사를 지켜만 보았다. 그는 먼 지평선 따위는 더 이상 원하지 않았다.

성은 일부분이 크롬웰의 군사들에 의해 파괴되었지만 본연의 원시적 특성들을 많이 유지하고 있는 훌륭한 유적이었다. 반쯤 무너진 계단으로 올라갈 수 있는 높은 탑, 성곽을 둘러싼 좁은 발판과 거기서 내다보이는 근사한 시골 풍경, 그리고 천장 없이 하늘로 뻥 뚫린 많은 방과 통로들. 성이 서 있는 드넓은 초록빛 잔디밭 주위에는 훌륭한 나무 몇 그루가 서 있었고, 성벽으로부터 뻗은, 나무들이 우거진 비탈을 따라 내려가면 호수가 나왔다. 그 호수 뒤로는 오래된 성을 대체하기 위해 18세기에 지은 저택이 보였다.

배가 있나 보려고 호수로 내려간 데이비드는 이것이 보데넘 아가씨에게서 클러리사를 떼어놓을 수 있는 절호의 기회라는 데에 금세 생각이 미쳤다. 클러리사와 키티는 유적지를 거닐고 있었고 더 나이 많은 일행 셋은 바구니의 물건들을 부리고 있었다. 애거사는 그 일을 좋아했다. 잔과 잔 받침을 늘어놓고, 사람들이 앉을 수 있게 깔개와 숄을 깔며 수선 피우는 일을 즐겼다.

데이비드는 곧 일행에게로 돌아가서 자신이 배를 빌렸으니 클러리사와 키티를 데려가겠다고 말했다.

애거사는 그의 목적을 알아차렸고 훼방을 놓아야겠다고 마음먹었다. 그래서 완벽히 능청스럽게 선언하기를, 자신은 세상 그 무엇보다도 뱃놀이를 좋아한다고, 물에서 노 젓는 것만큼 즐거운 일도 없으니 자신도 꼭 가야 한다고 했다.

데이비드는 당연하게도 당황했다. 보데님 아가씨는 그가 고려하지 않은 승객이었다. 그러나 물론 아가씨도 동행하시기를 바란다고 말할 수밖에 없었다.

번스 부부는 뭍에 머무는 편을 선호한다고 했다. 처량한 애거사는 자신도 그들과 완전히 같은 취향이라고 고백하고 싶었지만, 자신이 동행하지 않고 데이비드와 클러리사가 같이 있게 놔두면 마음이 편치 않을 게 뻔했다. 키티는 클러리사의 보호자 역할을 맡길 만큼 신뢰하지 않았다.

그들은 호수에 가서 배를 보았다. 배는 작았고 다소 지저분했다. 애거사는 자신이 정말로 저 배를 타게 될지 막막했다.

"별로 안전해 보이지 않는걸. 저 배를 정말로 다룰 수 있겠니?"

애거사는 불안하게 뛰는 심장 고동을 들으며 데이비드에게 물었다.

번스 씨는 데이비드가 선원들 사이에서 자랐으니 어떤 선박이든 조종할 수 있다고 안심시켰다.

"보데님 아가씨, 불안하시면 타지 않으셔도 돼요."

데이비드가 상냥하게 말했다. 애거사는 새빨간 거짓말을 했다.

"불안한 건 아니야. 뱃놀이를 놓친다면 무척 아쉬울 거야."

애거사는 자신이 뱃놀이를 열렬히 좋아한다는 인상을 유지

함으로써 이 걱정스럽고 불쾌한 탐험에 나서는 진짜 이유를 아무도 눈치채지 못하게끔 해야겠다고 결심했다.

"그런데 여자애들은 어디 있담?"

번스 부인이 그렇게 말했을 때 마침 성 쪽에서 클러리사와 키티가 걸어오는 것이 보였다.

"엄마랑 데이비드가 뱃놀이를 간다고?"

클러리사가 다소 놀란 기색으로 애거사에게 물었다.

"당연히 너도 같이 가야지."

데이비드가 재빨리 말했다. 하지만 클러리사는 그런 생각을 해본 적이 없었다. 물이 무서웠기 때문이다. 그래서 자신은 못 타겠노라고 솔직히 말했다. 어떤 말을 들어도 마음을 바꾸지 않았다. 클러리사는 단호했다.

"키티랑 나는 기슭에서 엄마랑 데이비드를 지켜보고 있을게."

데이비드와 애거사는 클러리사 없이 뱃놀이를 가는 건 상상도 해본 적 없다고 동시에 말했다. 둘 다 그런 가능성은 염두에 둔 바 없었다.

"오, 엄마랑 데이비드랑 둘이 가. 꼭 가야 해. 내가 한심하게 겁을 먹었다는 이유로 엄마랑 데이비드가 뱃놀이를 못 간다는 건 안 될 일이야. 그러면 난 슬퍼질 거야."

실제로도 클러리사는 슬픈 듯 보였다.

목사가 유쾌하게 말을 보탰다.

"아무렴요, 아가씨는 뱃놀이를 놓쳐선 안 돼요. 그렇게 좋아하시잖아요. 그리고 이만큼 쾌활하고 젊은 뱃사공과 함께 뱃놀이를 나갈 기회가 또 얼마나 있겠어요."

데이비드와 애거사는 꼭두각시 인형이 된 기분이 들었다. 실망을 채 숨기지 못한 얼굴로 그들은 배를 저어 가기 시작했다.

클러리사는 호숫가 풀밭에 엎드려서 물가에 자라는 갈대들로 작은 바구니를 엮는 법을 키티에게 알려주었다. 그건 애거사가 가르쳐준 요령이었다. 애거사 자신은 어렸을 적 유모에게서 배웠다. 지금 물가 저편에서 클러리사의 작은 목소리에 깃든 호기심이 느껴졌고, 말의 내용까지는 들리지 않아도 정확히 뭐라고 하는지 짐작할 수 있었다. 그 애가 키티의 서툰 솜씨를 보고 웃는 것도 들렸고, 클러리사의 바구니가 빠르게 모양을 잡아가는 것과 키티의 바구니가 일정한 형체 없이 뒤얽히는 것까지도 상상할 수 있었다.

데이비드는 대화를 짐작할 수는 없었지만, 애거사가 고물 쪽에 앉아서 대부분의 시간 동안 두 소녀를 등지고 있었던 반면 데이비드는 노를 저으며 클러리사 쪽을 볼 수 있었다. 클러리사는 잔디밭에 엎드려 팔꿈치로 몸을 지탱하며 눈높이에 작은 골풀 바구니를 들고 있었다. 잽싸고 확신이 깃든 손길로 골풀을 이리저리 엮는 그 애의 흰 손이 햇살을 받아 빛났다. 그러다 클러리사가 키티가 엮은 모양을 보려고 몸을 돌렸고, 엉망진창인 키티의 작품에 둘 다 웃음을 터뜨렸다. 잠시 뒤 클러리사가 기슭으로 뛰어 내려와 골풀을 더 꺾었다. 그 애는 녹색 검 같은 갈대들의 나지막한 수풀 속에서 창백한 요정 같은 모습으로 서 있었다. 그러다 바구니를 엮는 데 더 적당해 보이는 키 큰 골풀들을 꺾으러 나아가면서 앞길을 가로막는 울창한 풀들을 물살 헤치듯 가르며 걸었다.

배 안의 둘은 서로를 완전히 무시했다. 데이비드는 클러리사에게만 시선을 붙박은 채 묵묵히 노를 저었고, 애거사는 가만히 앉아 클러리사의 기척을 듣고 있었다. 비록 클러리사는 배에 타지 않았지만 애거사와 데이비드는 여전히 그 애하고만 동행하고 있었다. 뱃놀이는 이십 분쯤 이어졌고 그동안 내내 둘은 거의 한마디도 하지 않았다. 다만 뭍으로 올라왔을 때 고맙다는 인사만 나누었다.

클러리사는 애거사가 배에서 내릴 수 있게 도와주면서 진심으로 안도했다. 애거사가 호수로 가겠다고 하는 바람에 클러리사는 많이 놀랐고 막연히 불안해졌다. 애거사가 마음 깊은 곳에서는 배에 타서 행복하지 않을 것이 확실했고, 이 뱃놀이 계획에는 자신이 이해할 수 없는 무언가가 연루되어 있음을 알았던 것이다. 클러리사는 당혹스러웠고 불편했다.

일행과 합류했을 때에는 차가 준비되어 있었다. 번스 씨가 여행 안내서에 나온, 성에 관한 흥미로운 역사적 특징들을 애거사에게 소리 내 읽어주었다. 그동안 데이비드와 키티와 클러리사는 모여서 무언가를 계획하는 듯싶더니 이윽고 어디론가 길을 나섰다.

"클러리사, 애야, 어디 가니?"

애거사가 외쳤다.

"탑 꼭대기로 올라가보려고."

애거사는 야영 의자에서 벌떡 일어났다.

"애, 그건 위험해. 이 유적지는 위험천만한 곳이야. 석재 구조물들이 무너져가고 있잖아."

클러리사가 애원했다.

"그냥 보내줘. 위에서 내려다보는 전망이 멋지대. 꼭 봐야겠어."

"네가 간다면 나도 가겠어."

애거사가 단호하게 말했다. 데이비드의 의도가 뭔지 알 만했다. 동행할 결심이 든 까닭은 클러리사와 물리적 위험을 공유하고 싶은 마음 때문만은 아니었다.

"거기까지 올라가려면 꽤 힘들 것 같은데요."

목사가 말을 얹었다.

"나이 든 우리는 여기 머무는 편이 안전할 것 같아요."

번스 부인도 명랑하게 덧붙였다.

하지만 애거사는 그들의 말이 들리지 않았다.

"클러리사는 나 없인 못 가요."

애거사는 그렇게 웅얼거리고는, 예의고 뭐고 없이 번스 부부를 뒤로하고 나머지 셋과 함께 부랴부랴 길을 나섰다. 고무 덧신을 신은 발을 최대한 빠르게 움직여 부서진 계단을 따라 올라갔다.

클러리사가 뒤를 돌아보고 애거사가 따라오는 것을 확인했다.

"엄마 온다. 기다리다가 올라오는 거 도와드리자."

"밀쳐서 떨어트리는 편이 훨씬 나을 것 같은데."

데이비드가 키티에게 투덜거렸다.

클러리사는 밑으로 내려가서 다 허물어져가는 계단의 어느 부분에 발을 디뎌 어떻게 올라가야 하는지 애거사에게 일러주었다.

계단은 탑 내부를 휘감으며 뻗어 있었고, 매우 가파른 마지막 계단을 올라가니 탑을 둘러싼 벽 꼭대기를 빙 두른 통로에 이르렀다. 그곳은 매우 높았고 난간은 매우 낮았다. 탑 저 아래로 녹색 잔디밭이 보였고 저 멀리 광활한 시골 풍경이 펼쳐졌다. 장관이었다.

애거사는 갑자기 어지러웠다. 그는 몸을 굽힌 채로 움직이지 못했다.

클러리사는 지독하게 걱정스러웠다.

"내려다보지 마. 현기증 날 거야."

애거사가 신음을 흘렸다.

"주체가 안 돼. 너무 높잖아. 달리 볼 데도 없고."

"그러면 빨리 내려가자."

"다시 못 내려갈 것 같아. 절대로. 못 움직이겠어."

애거사는 겁에 질린 상태였다.

클러리사는 초조한 시선으로 데이비드를 돌아보았다.

"어떡하지?"

"걔한테 묻지 마. 아무 도움도 안 되니까."

애거사가 짜증스럽게 말했다.

그러고는 돌난간을 거머쥐고 몸을 수그렸다.

클러리사는 경악한 채 데이비드를 잠자코 돌아볼 수밖에 없었다. 여기서 힘이 되어줄 존재는 데이비드밖에 없는 듯했다. 너무 겁이 났다. 지난 평생 애거사에게만 의지했었다. 애거사는 클러리사의 조용한 일상을 지휘하고, 어린 시절 일어났던 이런저런 사소한 비상사태를 처리해주었다. 그런데 지금 갑자기 애거사가 무력해졌다. 이제는 애거사에게 클러리사의 도움이 필요한 순간이었다. 그런데 바로 그 순간 클러리사에게도 현기증이 스멀스멀 올라왔다. 높은 데에 있어서 생기는 육체적 현기증만이 아니라 무언가 더 근본적인, 자신의 삶 내부를 지탱하던 용수철이 사라진 듯한 아찔함이었다. 자신의 주위를 에워싸는 어둠을 느끼던 클러리사는 스스로를 놔버리면 안 된다는 것을 깨달았다. 자신이 애거사를 구해야 했다. 그리고 그러기 위해서는 데이비드의 힘을 빌려야 했다.

데이비드와 상의해봤자 애거사의 화를 돋울 뿐이라는 것을 알았기에 그에게 말을 더 붙이고 싶지는 않았다. 그래서 다만 말없이 그를 바라만 보았다. 끊임없이 변화하는 빛과 그림자가 담겨 있는 그 부드러운 갈색 눈동자로. 그러자 데이비드는 조용히 클러리사의 간청에 화답했다.

그는 애거사가 바닥에 엎드려서 계단 꼭대기로 기어가도록 설득해야 한다고 손짓했다. 계단까지는 몇 걸음밖에 안 되었다.

애거사는 움직이기를 거부했다. 클러리사가 옆에 앉아서 속삭였다.

"데이비드에게 도움을 받아서 내려가자. 여기 더 있을수록 상황은 나빠지기만 할 거야."

"아냐, 아냐, 상황은 개 때문에 나빠지는 거야."

애거사가 신음을 뱉었다. 자신과 클러리사 단둘만 남는다면 용기가 되살아날 것 같았다. 그런데 정말로 내려간다고 상상하니 자기도 모르게 돌난간을 꼭 붙잡게 되었다. 온통 흔들리는 세상 속에서 그것만이 최후의 견고한 성과인 것만 같았다.

그래도 클러리사와 데이비드는 점차 애거사를 움직이는 데 성공했다. 반쯤은 질질 끌다시피 하며, 반쯤은 기어가도록 설득하며, 몇 발짝 떨어진 계단 꼭대기까지 이끌었다. 아래를 내려다보면 자신이 그 계단을 올라왔다는 것이 믿기지 않았다. 그건 계단이라기보다 벽에 드문드문 붙은 발판에 지나지 않았다. 그걸 딛고 저 심연으로 내려간다는 건 생각할 수도 없는 일이었다.

그때 클러리사에게 아이디어가 떠올랐다.

"내려가서 젱킨스 씨를 불러와. 그분이라면 우릴 도와줄 거야. 아주 분별 있는 분이니까."

클러리사가 말하자 데이비드는 부루퉁히 아래로 내려갔다.

그러나 젱킨스마저도 애거사를 설득하는 데 굉장히 애를 먹었다. 그가 "보데넘 아가씨는 여기 올라와서는 안 됐어요"라고 말했을 때 모두 진심으로 동의했다.

계단에는 두 사람이 나란히 올라설 자리가 부족했다. 그래서 젱킨스가 위에서 애거사의 상체를 잡고 데이비드는 아래에서 그의 발을 잡고 하나씩 하나씩 부서진 계단 위로 옮김으로써 간신히 애거사는 밑으로 내려갔다.

클러리사와 키티가 뒤따라갔다.

소풍은 처음부터 끝까지 실패였다. 기진맥진한 애거사는

즉시 자동차에 타고 천천히 집으로 돌아갔다.

12

가끔 긴 하루를 보내고 피로해진 저녁이면 애거사는 의자에 몸을 기대고 누워 눈을 감고서 머릿속을 어렴풋이 스쳐 지나가는 기억들을 훑어보았다. 그러다보면 클러리사가 춤추는 모습이 곧잘 떠올랐다. 그 애가 어렸을 적에는 늘 춤을 췄다.

클러리사가 살아 있는 아이라기보다 꿈이나 유령처럼 등장했던 여름, 그 애는 발이 땅에 잘 닿지 않는 듯이 춤을 추고 떠다니며 다가왔다. 그 시절 늘 입던 하얀 드레스 차림에 잔디밭 위로 곡선을 그리며 흔들흔들 움직이는 모습이 마치 나무들 사이로 불어오는 바람이 그 애를 흔들며 우아한 리듬을 자아내는 것 같았다. 그러다 클러리사는 노래를 부르며 거기 맞춰 춤을 췄다. 애거사는 거의 잊어버린 동요들이었다. 클러리사는 메뚜기처럼 희미한 목소리로 노래를 부르며 춤을 추다 새처럼 홀연히 사라져버렸다.

나중에는 거실에서 애거사가 동상에 걸린 듯 뻣뻣한 손가락으로 피아노를 치는 동안 클러리사는 춤을 췄다. 피아노는 애거사 어머니가 다니던 학교에서 가져온 것으로, 건반이 누르스름했고 소리는 가늘고 갈라졌다. 애거사는 클러리사가 자신의 연주에 맞춰 춤추며 내보이는 창의성과 우아함에 경탄했다. 애거사는 도무지 춤을 못 추는 사람이었다. 그래서 클러리사는 파트너 없이 혼자 춤을 추다가 나이가 들어가면서 차차 스텝을 잊었고 춤 대신 애거사와 함께 이중주를 즐기게 되었다.

키티 번스는 겨울마다 근처 도시의 고등학교에서 열리는 춤 수업을 들으러 가자고 클러리사를 종종 설득했다. 키티는 그 수업을 좋아했다. 하지만 클러리사는 낯모르는 소녀들 사이에 끼는 데 수줍음을 탔다. 그들을 맞닥뜨릴 엄두가 안 났던 데다가 요즘 유행하는 춤을 배울 마음이 안 들기도 했다. 클러리사도 애거사도 그 춤들의 이름이 마뜩잖았고 전혀 춤 이름처럼 들리지 않는다고 생각했다.

그런데 소풍을 다녀오고 다음 날인가 다다음 날 오후, 목사관 정원에 다 같이 모여 앉아 있을 때 번스 부인이 키티와 주변 친구들을 초대해 무도회를 열 예정이니 클러리사도 꼭 오라고 했다.

클러리사는 혼자 춤춰도 된다면 가겠다고 했다.

"어떻게 두 사람이 같이 춤출 수 있는지 모르겠어요. 저는 혼자서만 출 수 있어요."

사람들이 웃어댔지만 클러리사는 부득부득 고집을 부렸다.

그러다 어렸을 적 고안했던 춤 중 하나를 기억해내고 벌떡 일어서서 오래된 포즈들을 취하기 시작했다. 어디에서 나오는지 알 수 없는 작고 새된 목소리로 노래를 부르며 날듯이 스텝을 밟아 잔디밭을 돌아다녔다. 황홀할 만큼 예뻤지만 무도회장에서 저런 춤을 춘다면 매우 이상해 보일 터였다. 키티가 클러리사의 춤이 다섯 살 아이가 추는 것 같다며 놀렸지만 데이비드는 훌륭한 춤이라고, 클러리사는 천재이고 천부적인 무용수라고 극찬했다.

애거사는 클러리사의 춤에 경탄을 보내는 데이비드가 주제넘는다고 생각했다. 그의 칭찬에 화가 났고, 키티가 데이비드더러 요즘 춤인 폭스트롯을 함께 춰보자고 했을 때는 안도감이 들었다. 애거사와 클러리사는 나란히 앉아서 데이비드의 춤이 흉해 보인다고 했다.

"너도 해봐, 클러리사."

데이비드가 파트너인 키티를 놓고 애거사와 클러리사에게 건너오며 말했다.

대답한 사람은 애거사였다.

"안 돼, 넌 못 춰. 저건 네가 생각하는 춤이 전혀 아니잖아."

클러리사가 데이비드와 키티를 놀렸다.

"나는 너희처럼 보이고 싶지 않아."

"그럴 수 없었던 거겠지."

데이비드가 그렇게 대꾸하고는 다가와서 클러리사의 손을 잡아끌었다. 문자 그대로 애거사의 곁에서 클러리사를 끌어내 춤을 추게 만들 작정인 듯했다.

애거사는 데이비드를 밀쳐냈다. 그렇게 난폭한 행동을 하기는 생전 처음이었다. 즉시 숙녀답지 못한 충동이었다는 생각이 들었다. 애거사는 꼿꼿이 앉아서 신랄하게 말했다.

"클러리사 놀리지 마. 걔는 너랑 춤추고 싶어 하지 않아."

클러리사가 가볍게 웃고 말했다.

"데이비드 말마따나 난 그럴 수 없었던 거야."

하지만 바로 다음 순간 클러리사는 키티와 함께 스텝을 밟았다.

알락돌고래와 함께 빙글빙글 도는 제비 같았다.

데이비드는 애거사 옆자리에 앉았다. 그도 클러리사의 요정 같은 움직임과 키티의 조깅하는 듯한 발놀림의 차이를 애거사만큼 뼈저리게 느끼고 있었고, 그 사실을 눈치챈 애거사는 넌더리가 났다. 한편 두 소녀는 그토록 서로 다른데도 어떻게 해서인지 스텝을 맞춰나가고 있었다.

"곧 잘하게 될 거야."

키티가 말했다.

"지금도 할 수 있어."

클러리사는 자리에 앉으면서 그렇게 대답했다. 자신이 이런 춤을 출 수 있다는 것이 놀라웠다.

그날 저녁 클러리사와 애거사는 번스 부인이 제안한 무도회에 대해 이야기를 나누었다. 클러리사는 이렇게 말했다.

"나는 가고 싶기는 해. 춤 자체는 한심하다고 생각하지만, 각자 자기만의 방식으로 출 수도 있잖아. 그리고 진짜 무도회가 어떤 느낌인지 알고 싶어. 거기 가려면 새 드레스도 필요하겠지. 엄마도 한 벌 준비해야 해. 우리한테 있는 그 어떤 드레스보다도 예쁜 걸로 사자. 배스에 가서."

애거사는 이 무도회가 데이비드와 자신이 벌여온 싸움에서 위기가 되리라는 것을 알았다. 무도회장에서는 데이비드가 클러리사를 빼앗아 갈 권리를 얻을 텐데, 애거사는 가만히 앉아서 그 둘이 같이 춤추는 모습을 지켜보는 걸 참을 수 없을 터였다. 하지만 당장 뭐라고 말해야 할지 알 수 없었다. 그래서 확답을 미뤘다. 막상 무도회 때가 오면 클러리사가 가고 싶지 않다고 할 수도 있으리라 생각했다. 그래도 만약을 대비해 드레스는 사두는 게 최선일 듯했다.

그래서 그들은 배스에서 쇼핑을 했다. 결정하는 데 아주 오랜 시간을 들였다. 그 결과 클러리사는 별빛 같은 은색을 띤 작은 드레스를, 애거사는 검은 레이스 드레스를 골랐다. 구두, 스타킹, 장갑, 부채, 꽃 등도 샀다. 그렇게 사들일수록 애거사는 자신이 돌이킬 수 없이 말려드는 느낌이 들었다. 물건

하나하나가 자신을 패배로 끌어당기는 사슬의 고리 같았다.

하루하루 갈수록 무도회는 점점 더 불가피해 보였다. 온통 무도회 이야기뿐이었다. 손님, 음악, 음식, 댄스 플로어, 그 모든 것이 몇 번이고 논의 대상에 올랐다. 클러리사가 당연히 자신은 거기 갈 거라고 생각한다는 것과 다른 이들도 당연히 클러리사가 올 거라고 기대한다는 점에서 애거사는 무력감을 느꼈다.

무엇보다도 끔찍한 건 테니스 강습이 춤 강습으로 대체되었다는 것이다. 데이비드가 클러리사의 허리에 팔을 두르고 다양한 스텝을 알려주는 동안 애거사는 앉아서 구경만 할 수밖에 없었다. 클러리사는 데이비드와 서로 이해하고 자연스럽게 스텝을 맞추는 듯 쉽게 따라가고 있었다.

그러나 마침내 무도회 날 저녁이 왔을 때 클러리사는 또다시 애거사의 침대 머리맡에 앉아 오드콜로뉴로 이마를 적셔주고 있었다. 침대 발치의 수납함 위에는 박엽지로 감싼 새 드레스 두 벌이 든 커다란 판지 상자 두 개가 놓여 있었다.

애거사의 지끈거리던 두통이 점차 잦아들고 숨소리가 차차 코 고는 소리로 변했다. 그는 잠들어 있었다. 클러리사는 한동안 가만히 앉아서 지켜보다가 아주 조용히 오드콜로뉴 병을 세면대 위에 되돌려놓고 열린 창가에 다가섰다.

13

애거사와 마찬가지로 데이비드도 무도회가 그들의 싸움에서 전환점이 되리라는 것을 알았다. 클러리사와 춤을 추면 드디어 애거사의 적대적인 감시에서 벗어나 단둘이 대화를 나눌 수 있을 터였다. 그러나 시간이 흐르고 데이비드가 기대하던 두 사람을 제외한 모든 손님이 도착했을 때, 그는 자신의 소망이 또다시 좌절되었음을 알았다. 애거사가 다시금 이긴 것이다.

번스가 사람들은 클러리사에게서 첫 무도회를 빼앗은 보데넘 아가씨의 잔인함에 어떻게 대처해야 할지 논의하며 분개했다. 키티는 자신이 직접 그 집에 찾아가서 무슨 일인지 살펴보고 클러리사를 데려가겠다고 우기기로 작정했다.

그런데 데이비드가 나섰다.

"아냐, 내가 갈게."

그의 어조에는 수긍하지 않을 수 없는 무언가가 있었다.

목사관에서 보데넘가까지는 몇백 미터밖에 안 됐다. 짧은 길을 따라 걷다보니 무도회장의 음악이 그의 뒤를 따라오다 점차 잦아들었다. 보데넘가의 정원에 들어서자 갑자기 주위가 고요해져서 마법에 걸린 듯했다. 딴 세상이었다. 노르스름한 보름달 빛을 받아 정원이 선명하고 신비로워 보였다. 낮에는 알록달록한 색채들의 집합이었던 풍경이 부드럽고 단조로운 배경이 되고 그 위로 흰 꽃들이 도드라졌다. 하얀 클레마티스는 달만큼이나 경탄스러웠고 담배꽃들은 입술이 넓은 길고 좁은 항아리에서 향기를 뿜어냈다.

데이비드는 화단과 채소밭을 가르는 잘린 주목나무들 아래 그늘을 밟으며 소리 없이 움직였다. 그러다보니 집 옆의 공터에 이르렀다. 쏟아지는 달빛 속에서 집이 크리스털처럼 반짝였고, 그렇게 빛나는 흰색 벽에 보데넘 아가씨의 방 창문이 어둑한 액자처럼 걸려 있었다. 그리고 방 안의 어둠을 등지고 서 있는 클러리사가 보였다. 달빛을 받은 그의 얼굴이 혼령처럼 투명해 보였다. 데이비드를 보고 있는 것 같았지만 눈빛이 몽유병자 같았고, 미동조차 없어서 작은 은색 동상처럼 보이기도 했다.

클러리사에게 다가가다보니 경이감에 사로잡혔고 감히 말을 붙일 수나 있을지 엄두가 나지 않았다. 마침내 창문 아래에 이르렀을 때 데이비드는 아주 조용히 클러리사를 불렀다.

클러리사는 아무 말도 하지 않았지만, 그의 목소리에 살짝 몸을 흔들며 입술을 벌려 어렴풋한 미소를 짓는 걸 보니 반가워하는 기색이었다. 자세에서 긴장은 풀어진 듯 보였다. 아까까지 꼿꼿하게 서 있었던 것은 두려움 때문이었던 듯했다. 나무들 사이로 슬금슬금 다가가는 데이비드의 모습이 클러리사에게 겁을 주었던 것이다. 그는 자신의 어설픈 처신을 자책했다.

데이비드는 먼젓번보다 조금 더 큰 목소리로 클러리사를 불렀다.

"클러리사, 내려와. 널 데려가려고 왔어."

클러리사는 이번에도 대답하지 않고 약간의 무력한 손짓을 해 보였다. 보데님 아가씨가 잠들어 있으며 방해하면 안 된다는 뜻인 듯했다.

물론 그런 사정 때문에 클러리사가 말을 못 하는 것이겠지만, 그의 침묵에는 무언가 다른 기이한 요인도 있는 것 같았다. 클러리사가 아주 멀리 떨어져 있는 듯한, 평상시의 그가 아닌 듯한 느낌이었다.

'무슨 일이 있었군. 그 여잔 흡혈귀야. 그자가 클러리사에게 무슨 마법을 건 거야. 그 여자의 힘엔 무언가 으스스한 데가 있어.'

데이비드는 자기 안의 열정을 모두 끌어모아서, 사랑의 힘을 목소리에 가득 실어서 다시금 클러리사를 불렀다. 그 힘으로 클러리사를 구하고 자신의 곁으로 끌어오리라 작심하고서.

이번에는 뜻이 전해진 게 틀림없었다. 클러리사가 재빨리 앞으로 나섰기 때문이다. 데이비드는 한순간 클러리사가 자신의 부름에 화답하려고 창밖으로 뛰어내리는 줄 알고 겁에 질려서 부리나케 클러리사를 받아주려고 뛰어갔다. 하지만 클러리사는 다시 몸을 돌려 방의 어둠 속으로 들어갔다.

데이비드는 귀를 기울이며 기다렸다.

현관문이 천천히 열리더니 문간에 선 클러리사가 모습을 드러냈다.

"너무 무서웠어."

클러리사가 안개 낀 밤에 가물거리는 별처럼 떨리는 목소리로 말했다.

"엄마가 잠들어 있어. 나는 어쩔 줄 몰랐고. 나 혼자 깨어 있었던 것 같아."

주위로 온통 쏟아지는 달빛에 클러리사는 눈이 부신지 금방이라도 쓰러질 듯 비틀거렸다. 데이비드는 그의 손을 잡아주었다. 그런데 손이 얼음장처럼 싸늘해서 깜짝 놀랐다.

"너 어디 아픈가봐. 손이 원래 이렇게 차?"

"예전엔 그랬어."

클러리사가 데이비드에게서 손을 빼내 하늘을 향해 들어올렸다. 달빛이 그대로 통과하는 투명한 손이었다.

"클러리사."

데이비드는 클러리사를 뒤덮은 기묘한 꿈 같은 안개를 꿰뚫으려 최대한 다정하게 말했다.

"클러리사, 너를 데리러 왔어. 무도회를 잊은 거야?"

"무도회?"

클러리사가 특유의 매혹적인 미소를 지으며 반색했다.

"오, 오, 무도회! 거기 가려고 했는데. 오, 거기 갔어야 하는데!"

클러리사가 무기력을 떨치고는 마법처럼 경쾌하고 명랑한 태도로 데이비드를 지나쳐 뛰어가더니 어린 시절 직접 만들었다는, 요정처럼 아름다운 스텝을 밟으며 잔디밭을 뛰어다녔다. 짧은 순간 그는 잔디밭에 드리워진 달빛의 원 안에서 여기저기 떠다니며 데이비드에게서 점점 더 멀어져갔다. 데이비드는 어쩔 줄 모르고 뒤를 따라갔다.

클러리사는 바람에 움직이는 구름의 그림자처럼 날아다녔다. 그 무엇에도 비할 수 없는 조용하면서도 날쌘 발놀림으로 정원 밖의 길을 접하는 문으로 향하더니, 한 손으로 문을 짚고서 마치 날개라도 있는 것처럼 훌쩍 뛰어넘었다. 클러리사는 문이 자신을 가로막아도 조금도 지체하지 않은 반면, 데이비드는 문을 뛰어넘는 데 일이 초 정도 뜸을 들여야 했다.

클러리사는 춤을 추며 눈앞의 길을 따라 나아갔다. 밤공기 저 멀리서 바이올린 소리가 희미하게 들려왔다.

"오, 오, 무도회! 무도회!"

클러리사는 산울타리로 심긴 포플러들의 반짝이는 잎사귀처럼 물결치는 목소리로 노래를 불렀고, 음악의 리듬에 따라

발을 움직였다.

클러리사는 목사관 정원을 가로질러 댄스홀이 차려진 방의 창문 앞에 다다랐다. 거기서 멈춰 선 그는 집 벽을 타고 자라는 푸크시아 아래 몸을 웅크리고 창 안을 들여다보았다. 춤추는 사람들의 그림자가 클러리사의 조그맣고 흰 얼굴 위로 어른어른 움직였고 눈동자에 촛불 빛이 어렸다. 클러리사는 음악에 귀를 기울이며, 움직이는 사람들 너머 연주자들을 지켜보았다. 바이올린 선율이 순수한 춤의 영혼을 싣고 있었다. 현에서 멜로디가 솟구치고 뛰어오르고 흔들거리며 흘러나왔다. 그토록 자유롭고 경쾌한 음악 아래에서 피아노는 마치 떠다니는 동반자를 묶어 지면에 고정해주듯이 꾸준하고 성실한 당김음을 유지했다.

그때 클러리사가 입을 열었다.

"저 바이올린 연주자와 춤을 출 수 있을 것 같아. 그는 내 춤을 알아. 들어봐."

클러리사는 흥겨운 곡조를 듣더니 별안간 활기를 띠며 벌떡 일어섰다. 데이비드는 그가 또 춤을 추려는 줄 알고 지켜보았다. 그런데 그 순간 음악이 멈추고, 안에서 춤추던 사람들 모두가 일제히 정원으로 나왔다. 클러리사는 화들짝 놀라 주위를 훑어보더니 고양이처럼 호두나무 위로 올라가버렸다. 그는 나뭇가지를 타고 기어 올라가서는 아래를 내려다보았다.

데이비드는 클러리사를 따라 올라가서 나무 기둥에 몸을 붙이고 섰다. 어리둥절하고 당혹스러우면서도 황홀했다. 매 순간 더 사랑에 빠져들었지만 한편으로는 이해가 안 됐다. 클러리사는 무엇일까? 아이는 아니었다. 열일곱 살이고 키티보다 키도 크니까. 하지만 소녀도 아니었다. 깃털처럼 떠다니고 새처럼 나무 위로 날아드니까. 그러나 손에 만져지는 몸을 갖고 있으니 혼백도 아니었다. 오늘 밤 클러리사는 온통 장난기와 마법으로 이루어진 듯했고, 데이비드에게서 멀리 떨어져 있었지만, 그러면서도 자신의 요정 같은 분위기를 함께 나누자고 데이비드를 부르고 있었다.

뒤편에서는 둘씩 짝지은 사람들이 잔디밭을 돌아다니며 의자를 찾고 있었다. 데이비드는 먼 과거처럼 느껴지는 바로 그날 아침 자신이 정원 곳곳의 구석진 장소들에 의자들을 배치했다는 것이 희미하게 기억났다. 지금 클러리사가 직접 고른 은신처에 숨어서 보니 그 장소들은 구석지다고 해봤자 뻔히 예상 가능한 곳들이었다.

데이비드와 클러리사는 서로 아무 말도 하지 않았다. 나무 아래에 다른 사람 두 명이 와서 앉았기에 아무리 작게 속삭여도 그들의 귀에 들릴 터였다. 데이비드는 클러리사가 보이지 않았지만 그 뺨의 보조개와 눈동자에 어린 빛을 느낄 수 있었다. 클러리사는 어떤 의미에선 멀리 떨어져 있었지만 저 아래에 있는 평범한 사람들과 비교하면 오히려 한없이 가까웠다. 클러리사의 엉뚱한 행동 하나하나에 데이비드는 어떤 이해보다 더 가까운 공감을 느꼈다.

아래에 있는 사람들은 자신들이 참여했던 어느 테니스 토너먼트 경기에 대해 이야기하고 있었다. 무척 따분한 대화였다. 클러리사가 나지막이 한숨을 쉬는 소리가 들린 듯했다. 그러더니 무슨 장난기가 발동한 듯 자신이 올라서 있던 나뭇가지 위에 몸을 쭉 뻗어 누웠다. 그가 입은 흰 드레스가 길게 드리워진 달빛 같았다. 그러다 호두 한 알이 나무 아래 앉아 있던 소녀의 무릎 위에 떨어졌다.

두 사람이 위를 올려다보았다. 데이비드는 나무 기둥에 몸을 단단히 붙이고 그림자 속에 숨었다. 클러리사는 달빛처럼 고요히 누워 있었다.

"저 위에 다람쥐가 있나봐."

젊은 남자가 말했다.

클러리사가 호두 한 알을 또 떨어트렸다. 이번에는 남자의 얼굴에 맞았다. 남자가 말했다.

"올라가볼까?"

그의 파트너가 대꾸했다.

"아니, 그러지 마. 다람쥐는 어차피 못 잡아. 그리고 옷이 더러워질 거야. 그냥 다른 데로 가자. 이러다가는 호두즙이 다

묻겠어."

소녀는 새 드레스가 망가질세라 일어나서 물러섰다.

바로 그때 음악이 다시 시작되었다. 모두가 고분고분 집 쪽으로 걸어갔다.

클러리사가 땅으로 내려가더니 잠시 서서 음악에 귀를 기울였다. 그러다 데이비드에게 몸을 돌렸다.

"집으로 돌아가야겠어."

클러리사가 재빨리, 은밀하게 말하고는 정원을 가로질러 뛰어갔다. 데이비드는 또다시 어리둥절해졌다. 둘 사이에는 건널 수 없는 거리가 있었다. 이전까지는 보데넘 아가씨가 늘 둘 사이를 가로막고 있었는데, 마침내 단둘이 있게 된 지금 클러리사는 그가 말을 못 걸도록 밀어내고 있었다.

"다 꿈 같아."

클러리사가 길을 걸어가며 말했다.

"여기까지 어떻게 왔는지 기억이 잘 안 나. 하지만 무도회를 보고 바이올린 소리도 들어서 기뻐."

메아리처럼 먼 데서 울리는 목소리로 클러리사는 좀 전까지 들었던 음악의 몇 소절을 흥얼거렸다.

보데넘가 정원으로 돌아왔을 때 데이비드는 자신이 하려는 말을 빨리 꺼내지 않으면 클러리사가 가버릴 거라는 것을 알았다. 클러리사는 별안간 피곤해 보였다. 아무 힘도 들이지 않고, 땅에 닿지도 않고 부유하는 듯하던 발놀림은 온데간데 없었다. 이제는 어디가 아픈 사람처럼 지친 모습으로 느릿느릿 걷고 있었다.

"신발 안에 돌이 들었어."

클러리사가 흰 벤치에 앉아 신발을 벗어 흔들었다. 안에 있던 돌이 풀밭에 툭 떨어졌다.

그가 신발을 다시 신기 전에 데이비드는 클러리사의 두 손을 꼭 잡고 자신에게로 자세를 살짝 돌리게 했다. 둘은 벤치에 나란히 앉아 서로를 마주 보게 되었다. 클러리사는 그의 말을 기대하는 표정으로 아주 가만히 앉아 있었다. 가벼운 산들바람이 꽃향기를 실어 왔다. 클러리사의 머리카락이 흩날렸고 뒤편의 꽃들이 나부꼈다.

데이비드는 잠깐 주저했다. 자신의 뜻을 전하기에는 언어가 너무 서투른 것 같았고, 그들을 둘러싼 섬세한 꿈이 박살 날까봐 두려웠다. 하지만 스스로의 열정에 압도당한 그는 말을 쏟아내기 시작했다. 때로는 빠르게, 때로는 머뭇거리며 말했지만, 자신의 뜨거운 사랑을 클러리사에게 이해시키고 거기에 대답하게끔 할 수만 있다면 자신이 어떻게 말하는지는 신경 쓰고 싶지 않았다.

"클러리사, 아직 들어가지 마. 너에게 할 말이 있어. 더는 이 말을 참을 수 없어. 사랑해, 클러리사. 내 온 마음, 영혼, 힘을 다해 널 사랑해. 넌 몰랐겠지. 혹시 짐작했니?"

클러리사는 아무 말도 없었다. 그가 손을 빼려고 하는 것이 느껴졌다.

데이비드는 손을 놓아주지 않았다.

"올여름에 우리 함께 행복했잖아. 그리고 이 멋진 밤에 처음으로 우리는 단둘이 있게 되었어. 그거 알고 있었어, 클러리사? 그리고 내가 얼마나 너와 대화하고 싶었는지도 알고 있었어?"

"우리는 전에도 자주 대화했잖아."

데이비드는 재빨리 대답했다.

"이렇게 대화한 적은 없지. 보데넘 아가씨가 너하고 단둘이 대화하게 놔두지 않았으니까. 그분은 너를 독차지하고 싶어 해. 하지만 클러리사, 내 사랑. 너는 보데넘 아가씨 외의 누군가가 너를 원하고 갈망할 수 있다는 것, 그리고 너와 함께할 수 없다면 삶이 공허하다고 생각한다는 것을 상상해본 적 있니? 클러리사, 너를 향한 내 사랑은 내가 가진 전부야. 너에 대한 생각, 너를 향한 사랑을 빼면 나는 아무것도 아니야. 그 밖에는 아무것도 없어. 너는 내 것이고, 나 자신이고, 내게 속하는 존재야. 넌 내게 속해야만 해. 내가 너를 그렇게 사랑하니까."

데이비드의 목소리가 떨렸다. 클러리사도 떨고 있었다.

"이러지 마, 데이비드. 그런 말 하지 마. 나는 동시에 두 사람에게 속할 수 없어. 그리고 나는 이미 엄마에게 속해 있어."

또 엄마! 그 여자한테서 벗어날 길이 있기는 할까? 겨우 클러리사를 빼돌렸다고 생각한 지금마저도 애거사는 그들을 뒤쫓고 있었다.

데이비드는 절박하게 외쳤다.

"엄마? 엄마라니! 너는 그분이 너 없이는 못 산다고 생각하는데, 그렇지 않아. 충분히 혼자 살 수 있는 분이야. 그런데…… 나는 너 없인 못 살아."

데이비드의 목소리가 갈라졌다. 클러리사는 덜덜 떨며 더듬거렸다.

"그런데 나는 엄마 없이 살 수 있고?"

"당연하지, 내 사랑. 내가 곁에 있잖아. 우리는 함께일 거야. 나는 그분이 너에게 해준 모든 역할을 해줄 거고 그보다 훨씬 많은 것도 해줄 거야. 네가 나를 거절한다면 어떤 의미가 될지 생각해봐. 나는 곧 떠나야 해. 휴가가 거의 끝나가잖아. 네가 나랑 같이 가주지 않으면 나는 네 삶에서 완전히 사라지는 거야. 서로를 잃게 되는 거라고. 이 모든 게 끝난단 말이야. 나는 용납할 수 없어. 너는?"

"가지 마."

클러리사가 속삭였다.

"너도 나를 원한다는 뜻이야?"

클러리사는 아무 말도 하지 않았지만 손에 약간 힘이 들어가는 것이 느껴졌다.

"내가 너를 원하는 만큼?"

"가지 마."

클러리사는 먼젓번보다 더 가냘프고 애처로운 목소리로 되풀이했다.

그때 데이비드는 클러리사를 품에 안고 키스했다. 그가 얼마나 작고 가벼운지 비로소 실감했다. 품 안에 아무것도 없는 느낌이었다.

그런데 데이비드가 입을 맞추자마자 클러리사가 마치 기절하듯 그의 어깨에 머리를 떨구었다.

"나한테 화난 거 아니지. 그렇지?"

"데이비드!"

클러리사의 목소리가 갑자기 아주 멀리 떨어진 것처럼 들렸다. 그는 다시 고개를 들고 데이비드를 바라보았다. 달빛 때문에 얼굴이 더더욱 혼령 같아 보였다. 클러리사는 다른 세상에서 데이비드에게 손을 뻗고 있는 것 같았다. 데이비드는 열띠고 격정적인 시선으로 그의 눈을 마주했다.

바로 그때, 클러리사가 언제나처럼 사랑스러운, 어린아이 같은 솔직한 태도로 데이비드의 머리를 두 손으로 잡아끌어서 온 마음을 다해 키스했다. 데이비드는 그가 자신의 것임을 알았다.

그 순간 고요한 정원에 날카로운 외침이 울려 퍼졌다. 데이비드는 깜짝 놀라 집 쪽을 돌아보았다.

열린 창가에 보데님 아가씨가 서 있었다. 나이트가운 차림에 머리는 헝클어졌고 얼굴에 빛이 환히 비쳤다. 그는 모든 것을 잃은 사람 같은 표정으로 희망이 가라앉아버린 바다를 미친 듯이 쳐다보고 있었다.

그리고 그 외침이 들린 순간 클러리사는 사라졌다. 방금 전까지만 해도 한 줄기 달빛처럼 은색을 띤 가느다란 몸으로 곁에 있었던 클러리사가 지금은 자취도 없었다. 어둠이 그를 삼켜버렸다.

또다시 데이비드와 애거사는 얼굴을 마주했다. 한참 동안 가만히 서서 서로를 마주 보았다. 그러다 애거사가 방 안으로 들어갔다. 데이비드는 기다렸지만 애거사는 밖으로 나오지 않았다.

데이비드가 발길을 돌리려는데 벤치 위에 놓인 클러리사의 신발 한 짝이 보였다. 그는 신발을 집어 들었다. 작은 빨간 구두였다. 너무나 작아서 열 살이나 열한 살 아이가 신을 법한 신발이었다.

'다시 볼 때까지 간직해야겠어.'

데이비드는 구두를 호주머니에 넣으며 그렇게 생각했다.

14

클러리사가 떠났다.

애거사는 무슨 일이 일어났는지 알았다. 클러리사가 촛불처럼 꺼져드는 것을 보았으니까. 방금 전까지만 해도 작고 또렷한 형체가 있었던 곳에 지금은 차가운 달빛만 쏟아지고 있었다. 애거사는 별이 궤도에서 벗어나 태양과 연결되어 있던 비밀스러운 끈이 끊어지는 일이 가능하다는 것을 알고 있었다. 클러리사가 언젠가 했던 말마따나 별똥별은 사라진다. 지구는 별똥별을 부르지만 그것에게 생명을 줄 수는 없기 때문이다.

애거사는 빈방으로 돌아갔다. 침대에 걸터앉아서 기다렸다. 귀를 기울였다. 몇 시간이 흘렀다. 이따금 밤새가 날아가며 우악스럽게 울었지만 집 안에서 발소리는 들리지 않았다. 클러리사는 오지 않은 것이다. 그리고 앞으로도 오지 않으리라는 것을 애거사는 알았다. 그 대신 애거사가 혼자 앉아 있는 방 안으로 아침이 서서히, 가차 없이, 잔인하게 찾아들었다. 그의 얼굴은 새벽보다 더 잿빛이었고 두 손은 스러져가는 달빛보다 차가웠다. 그는 방 건너편에 클러리사의 나이트가운이 놓여 있는 빈 침대를, 그리고 무도회 드레스가 들어 있는 판지 상자 두 개를 바라보았다. 클러리사를 찾아다니거나 소리쳐 부를 생각은 들지 않았다. 다만 기다렸고, 기다림이 헛되다는 것을 알았다. 기다리는 사람은 다시 나타나지 않을 것이고, 그럼에도 그는 언제까지고 기다릴 수밖에 없으리라는 것을.

시계 종소리가 울리고 또 울렸다. 애거사는 그 소리를 듣지 않았다. 그저 앉아만 있었다.

그래서 7시에 헬렌이 차와 뜨거운 물을 가지고 들어왔을 때에도 애거사는 앉아 있었다.

'보데넘 아가씨가 발작을 일으키셨나봐!'

그렇게 생각한 헬렌은 쟁반을 내려놓고 뛰어가서 애거사의 뻣뻣한 몸을 팔로 안았다. 그의 눈빛을 본 헬렌은 겁에 질렸다. 멍하고 불분명한 눈동자에서 무력하고 무감각한 고통이 배어났다. 그때 클러리사의 침대가 잠들었던 흔적 없이 말끔한 상태인 것을 보았다. 헬렌은 이 사태가 병보다 더 나쁜, 더 끔찍한 무언가라는 것을 알았다. 무언가에 사로잡힌 듯한 저 눈앞에서 무슨 무시무시한 일이 벌어졌을까?

"세라! 요리사! 빨리 와봐요. 뭔가 끔찍한 일이 일어났어요."

산란해진 하인들은 어쩔 줄 몰랐다. 그들이 우선 염려한 것은 애거사였다. 그래서 애거사를 침대에 눕히고 손을 따뜻하게 데우고 뜨거운 차를 주었다. 애거사는 아무 말도 하지 않았고 핏기 없는 얼굴에서 눈물 몇 방울만 천천히 흘러내렸다. 자신이 우는 줄도 모르는 듯 굳이 닦아내지도 않았다. 애거사는 눈물이 눈시울 밖으로 빠져나가게 내버려둔 채 허공을 하릴없이 바라보고만 있었다.

겁에 질린 여자들은 근처의 남자들이란 남자들은 모두 불렀다. 정원사, 의사, 목사, 경찰관까지 클러리사를 찾아 나섰지만 허사였다. 흔적이라곤 없었다. 실마리도 없었다.

애거사는 아무 말도 할 수 없었다. 그는 주위에서 일어나는 어떤 일도 의식하지 못한 채 누워 있었다. 데이비드는 면밀히 심문을 받았지만 그날 밤 창가에 보데넘 아가씨가 나타났을 때 클러리사가 집 안으로 들어가버렸다고 말할 수밖에 없었다. 그는 애거사가 클러리사를 죽였다고 확신했다. 애거사는 질투로 미쳐버린 것이 분명했다. 그 침실에서 애거사가 광기어린 손으로 클러리사의 목을 조르면서 가느다란 생명의 실을 끊어버리는 섬뜩한 광경을 상상했다. 애거사가 클러리사를 살해하지 않았다면 그날 밤 대체 무슨 일이 있었기에 그의 정신이 나가버렸단 말인가?

그러나 방 안에 몸싸움의 흔적은 없었다. 그리고 보데넘 아가씨가 시체를 처리할 수 있을 리 없었다. 무언가 다른 해답이 필요했다.

하지만 몇 날 며칠이 흘러도 해답은 나오지 않았다. 애거사는 평상시의 상태를 서서히 회복했다. 그러나 클러리사의 이름을 듣기만 해도 절망적인 눈물을 쏟아냈다.

의사는 매우 상냥하게 이런저런 질문을 했다. 번스 씨도 그랬다.

애거사는 단지 고개를 저으며 "그 애는 떠났어요. 찾지 마세요. 돌아올 수 없으니"라고 말할 뿐이었다.

클러리사에게 무슨 일이 일어났든 간에 애거사가 무력감과 망각에 빠져든 원인은 바로 그것인 듯했다.

일주일 뒤 애거사는 아래층으로 내려가서 데이비드를 만나고 싶다고 했다.

데이비드가 도착했을 때 애거사는 서재에 서 있었다. 그가 한 번도 들어가본 적 없는 방이었다. 낯선 물건들에 둘러싸여 있으니 애거사는 딴사람처럼 보였다. 혐오스럽고 끔찍했지만 또 한편으로는 종전에는 드러낸 적 없던 위엄이 엿보였다. 애거사는 전보다 말랐고 얼굴뼈에는 죽음의 존엄함이 깃들어 있다시피 했으며 그 위를 비정상적으로 새하얀 피부가 덮고 있었다. 그래서 얼굴이 가면처럼 보였고, 그 가면 속에는 살아 있는 얼굴에서 뜯겨 나와 고통받고 있는 듯한 눈이 박혀 있었다. 데이비드가 애거사의 눈을 제대로 보기는 처음이었다. 이전까지 그 눈은 사실상 별 특색이 없는 얼굴에 일어나는 일종의 사건에 불과했다. 굳이 생각해보면 연하고 희끄무레한 색깔이었던 것 같다. 그런데 이제 보니 기억하는 것보다 훨씬 어두운 색깔이었다. 하지만 그 어둠 속에는 드문드문 빛들이 어려 있어 클러리사의 얼룩덜룩하고 평온한, 새끼 사슴 같은 눈망울을 끔찍한 방식으로 떠올리게 했다.

애거사의 머리카락은 빗질을 안 한 듯했고 지저분했다. 아무렇게나 입은 갈색 드레스는 엉뚱한 곳들이 여며져 있어 어디는 팽팽하고 어디는 헐거운 상태로 빈약한 몸 위에 불균형하게 걸쳐져 있었다.

데이비드는 애거사를 보자 몸서리가 쳐졌다. 역겹고 구역질이 났다. 그러나 이 미친 여자에게서 클러리사의 행방을 캐내야 한다는 것을 알고 있었다. 경찰은 클러리사가 죽었다고 생각하지 않았고, 이제 데이비드도 애거사가 클러리사를 어딘가에 숨겼다고 생각하게 되었다. 그 은신처의 비밀을 애거사가 부지불식간에 밝히게끔 유도할 작정이었다. 클러리사가 지금 눈앞에 서 있는 미치광이의 힘에 휘둘리며 어딘가 어둡고 더럽고 답답한, 상상할 수도 없는 장소에 갇혀서 굶고 있으리라고 생각하면 끔찍했다.

데이비드는 애거사가 입을 열기를 기다렸다. 애거사는 말이 없었다. 그의 비참한 두 눈은 데이비드를 지나쳐 빈방을 바라보며 이제는 사라져버린 누군가를 헛되이 좇고 있었다.

그러다 희미한 목소리로, 마치 혼잣말을 하는 듯 말을 꺼냈다.

"그날 밤 너를 봤어……. 클러리사는 떠났고. ……떠나버렸어. ……너 때문이야. ……왜 사람들에게 네가 아는 대로 말하지 않니? 왜 다들 나한테 물어보는 거지?"

데이비드는 어안이 벙벙해졌다. 그는 아주 부드럽게 말했다.

"하지만 저는 할 말이 없는데요. 할 말이 있으면 좋겠군요. 저는 그 애를 찾고 있었어요. 우리 모두가 그렇죠. 하지만 그날 저녁 클러리사가 당신 방으로 들어간 이후 그 애를 본 사람이 아무도 없어요."

애거사가 멍하니 그를 바라보았다.

"아니야, 내 방이 아니었어. 정원에서 일어난 일이지. 네가 그 애와 같이 있었잖아. 달이 빛났고 너는 그 애에게 키스했어. 네가 그 애를 데려가고서 잃어버린 거야. 내 사랑스러운 것을, 내 소중한 아이를…… 잃었다고. 별이 꺼져들 때 해는 무엇을 하지? 해가 별을 다시 찾을 수 있던가? 아니지! 절대로! 어둠 속으로 사라져버렸단 말이야."

애거사의 정신이 오락가락한다고 생각한 데이비드는 그를 되돌리려 애썼다.

"보데넘 아가씨, 그날 밤 무슨 일이 일어났었는지 기억해

보세요. 당신은 정원에서 우리를 보았죠. 클러리사와 저를요. 그리고 당신이 그 애를 불렀어요. 그때 클러리사가 저를 떠났고요. 그 이후에 무슨 일이 있었죠?"

"너도 나만큼 알잖아."

보데넘 아가씨가 시무룩하게 말했다.

"아뇨, 그 애가 집으로 들어간 이후로 저는 클러리사를 못 봤어요."

"걔는 집에 들어오지 않았다니까."

그는 이 이야기는 이걸로 끝이라는 듯한 어조로 단호히 말하고는 입을 다물었다.

자신의 호소가 애거사에게 먹히지 않는다는 것을 깨달은 데이비드는 이제 겁을 주어야겠다고 작정했다. 데이비드는 그의 얼굴을 똑바로 쳐다보며, 이리저리 흔들리는 눈길을 붙들려 애쓰며, 사뭇 달라진 목소리로 말했다.

"보데넘 아가씨, 마음을 다잡으셔야 합니다. 당신은 클러리사에게 무슨 일이 일어났는지 알고 있고, 그걸 내게 말해야 해요. 강력히 묻겠습니다. 세상은 당신이 그 애를 살해했다고 생각해요. 그러니 입을 열어 결백을 입증하세요."

"살해? 살해했다고? 내 작은 클러리사를? 그래, 그 애는 살해당했지. 하지만 살인범은 너잖아."

애거사가 두 손에 얼굴을 파묻고 몸을 앞뒤로 흔들었다.

"아뇨, 보데님 아가씨, 그런 수법은 안 먹힙니다. 당신은 그날 밤 일어난 일을 목격했고, 클러리사가 나를 사랑한다는 것을 알고 있죠. 그 애는 이제 내 것이고, 나는 진실을 알 권리가 있습니다. 찾아낼 겁니다. 당신은 법의 심판을 받을 테고요."

"네가 감히 클러리사를 '내 것'이라 불러?"

애거사가 발끈해서 얼굴을 붉히며 외쳤다.

"아, 너는 그 애에 대해 아무것도 몰라. 그 애가 언제 어떻게 왔는지. 클러리사는 내 것이야. 오로지 나만의 것이라고. 내가 그 애에게 생명을 줬는데, 네가 그걸 빼앗아 갔어. 오, 다 끝나버렸어. 잔인하고 쓰라린 끝. 내 작은 클러리사, 그자가 널 죽였구나. 사라졌어, 사라졌어, 죽어버렸어."

애거사는 광란해서 덜덜 떨며 의자에 주저앉았다. 입술이 이상한 모양으로 뒤틀리며 중얼거림이 새어 나왔다.

"하지만 그들이 널 관에 가둘 순 없지. 네가 어디에 있는지는 아무도 모를 테지."

데이비드도 거의 애거사만큼이나 낙담했다. 애거사를 설득할 새로운 방법을 찾아 머릿속을 뒤졌지만 아무것도 떠오르지 않았다. 잠시 침묵이 흘렀다. 데이비드는 발길을 돌렸다.

"더 할 말이 없는 것 같군요."

"아니, 있어."

애거사가 한층 조용해진, 난폭함이 걷힌 목소리로 말했다.

"내가 너를 오라고 한 까닭은 너에게 할 말이 있어서야. 네 말을 듣다가 잊어버렸는데 이제 다시 기억났어."

애거사가 이마 위로 손을 어중간하게 올리더니 잠시 말을 멈췄다. 그러다 아주 천천히 말을 이어갔다.

"당장 떠나. 이 지역에서. 당장. 지금 당장. 그래야만 클러리사가 돌아올 가망이 있어."

데이비드의 심장이 펄떡 뛰었다. 클러리사가 안전할 수도 있다는 뜻이었다. 데이비드가 떠난다면 클러리사를 내주겠다고 말한 셈이었다. 데이비드는 부드럽게 대답했다.

"클러리사를 되찾을 수만 있다면 당연히 떠나야죠. 하지만 그 애가 돌아오리라는 걸 어떻게 알죠?"

"나도 모르지. 하지만 네가 여기 없다면, 애초에 네가 나타나지 않았던 상태와 같아질 거야."

"그러면 떠날게요. 오늘. 당장. 그러면 밤이 오기 전에 클러리사가 자유로워질 거라고 믿겠어요."

"그럴 희망이 있다는 것뿐이야."

애거사가 희망이라곤 없는 목소리로 대꾸했다.

그렇게 데이비드는 떠났다. 하지만 클러리사는 돌아오지 않았다.

클러리사는 이미 죽은 것이다.

15

헬렌은 창가에 서서 정원에 있는 보데넘 아가씨를 지켜보고 있었다.

애거사는 고통스러운 나날을 보낸 끝에 변했다. 가만히 앉아 멍하니 허공을 바라보는 대신 이제는 혼잣말을 시작했다. 클러리사의 이름을 부르고, 중얼거리고, 미소를 지었다. 식사할 때는 늘 클러리사의 몫도 차리라고 지시했고, 밤에는 침대를 준비하도록 했다. 그 애가 여전히 곁에 있다고 공상하는 것이 분명했다. 다시 어린아이가 된 클러리사가.

지금 정원에서 보데넘 아가씨는 존재하지 않는 상대와 공놀이를 하고 있었다. 그는 유쾌하게 뛰어다니며 상대방을 부르며 공을 던지고, 손뼉을 치고, 웃음을 터뜨렸다.

그러다 두 팔을 뻗어 상상 속 아이를 붙잡더니 빙글빙글 춤을 추었다.

헬렌의 눈에 눈물이 가득 고였다.

하지만 애거사의 여념 없는 얼굴을 보면 그가 무척 행복하다는 것을 알 수 있었다.

부록

에세이

책 쓰기

10년에서 11년쯤 전 어느 날, 한밤중에 퍼뜩 글감이 떠올라 잠에서 깬 적이 있다. 한 번도 생각해본 적 없는 주제였는데 아주 훌륭한 글감이 되겠다 싶었다. 그래서 즉시 일어나 앉아 서너 시간 동안 초고를 적어 내려갔다. 처음에는 한 장으로 끝날 이야기라고 생각했는데 쓰다보니 훨씬 규모가 커졌다. 그렇게 해서 그날 해가 밝기 전에 《사생아》, 즉 내 첫 책의 처음 두 장을 완성했다.

그전까지는 작가가 되겠다고 진지하게 생각해본 적이 없었고, 이제 쓰기 시작한 것이 좋은 작품이 될지도 알 수 없었다. 당시 나는 잠을 잘 못 이뤘다. 몸은 피곤한데 정신은 비정상적으로 빠르게 제멋대로 굴러가는 듯했던 그 열에 들뜬 시간 동안 나는 첫 책을 거의 다 써냈다. 사람이 잠을 못 잘 때는 일상의 평범한 자아와 사뭇 다른 사람이 되는 것 같다고 종종 생각해왔다. 그때 우리는 더 이상 인간이라고 할 수 없고, 인간을 넘어선 존재와 인간 이하의 존재가 뒤얽힌 무언가가 되는 것이다. 그래서 매우 창의적이면서 무비판적인 성향을 띠게 된다. 일종의 동물, 특히 영적 암시에 유별나게 예민한 동물이라 하겠다.

《사생아》의 초고는 몇 주 만에 썼지만 그것을 타자로 옮기는 과정에서 굉장히 애를 먹었다. 밤에 나를 사로잡았던 영적 동물이 거의 알아볼 수 없는 악필로 글을 써놓았기에 하룻밤 쓴 분량을 읽어내는 데만 일주일이 걸렸다. 지금도 여전히 책을 쓰려고만 하면 이런 불규칙적인 악필이 나온다. 정신이 너무 빠르게 치달아서 손으로는 그 속도를 따라잡을 수 없고, 글 쓰는 도구가 뒤처지면 글 전체를 망치게 된다. 문장을 시작했다가도 그 끝을 어떻게 하려고 했었는지 기억나지 않기 일쑤다. 그래서 타자기로 글 쓰는 법을 익혔다. 타자기로 초고를 쓰는 작업은 늘 끔찍하지만 적어도 손 글씨보다는 더 읽기 쉬운 결과물이 나온다. 엉뚱한 글자를 쳐놓았다고 해도 단어의 길이를 보면 원래 쓰려고 한 글자가 무엇인지 짐작할 수 있기 때문이다.

《사생아》가 태어난 날 밤부터 나는 꽤 규칙적으로 작품 활동을 하는 작가가 되었고, 사람들은 왜 진작 시작하지 않았느냐고 묻곤 한다. 나는 여동생 밀드러드가 죽고 1년 반 뒤부터 글을 쓰기 시작했다. 우리는 일생의 동반자였다. 그는 매혹적인 이야기꾼이었고 영감을 주는 청자였다. 이야기를 지어내고 써 내려가는 데에서 나오는 모든 재미, 공감해주는 독자를 만난 작가가 느끼는 모든 기쁨……. 밀드러드와 나는 글을 쓰는 수고를 들이지 않고도 이렇게 주거니 받거니 하는 과정을 함께 즐겼다. 우리는 종종 책을 써야겠다는 말을 했고 그는 실제로 굉장히 웃긴 글을 써내기도 했는데 그 이후에 원고를 잃어버렸다. 어쨌든 우리는 서로와 함께하는 것이 무척 만족스러워서 구태여 더 많은 대중을 찾지는 않았다.

밀드러드가 죽고 나서 그의 친구 중 십수 명이 뭉쳐서 밀드러드에 대한 짧은 책을 쓰기로 했다. 각자가 가장 잘 아는 밀드러드의 일면에 관한 에세이를 써서 엮는 기획이었다. 해리 뉴볼트•는 나더러 이 책의 서문을 써달라고, 다른 그 어떤 필진들보다 더 명확하게 밀드러드의 삶을 묘사해줄 수 있는 글이 필요하다고 했다. 그게 내가 처음으로 쓴 글이었다. 밀드러드 책은 섀프츠베리의 수동 인쇄기로 인쇄되었으며 렉스 휘슬러••와 스티븐 테넌트가 삽화를 맡았다. 그리고 그것이 출

• 영국의 시인이자 비평가인 헨리 뉴볼트(1862~1938)를 뜻한다.

•• 영국의 화가이자 이디스와 절친한 관계였던 렉스 휘슬러(1905~1944).

판되었을 때 《사생아》의 아이디어가 불현듯 내게 떠올랐다.

내가 처음 두 장을 썼을 때 앨리스 세지윅이 데이 하우스•에 머물고 있었다. 다음 날 아침 나는 그걸 앨리스에게 보여주었다. 그는 재미있게 읽어주었고, 이후로 내가 책을 계속 쓸 수 있었던 것은 전적으로 그의 격려 덕분이었다. 나중에 그의 자매인 앤이 나를 출판사에 소개해주었고, 그래서 이 재능 있는 작가는 스스로를 '앤의 아이 중 하나의 대모'라고 불렀다.

이보다 한참 전, 밀드러드가 아직 살아 있을 때 우리는 '제인의 할머니만큼 멀리'라는 제목으로 책을 쓰면 좋겠다는 이야기를 한 적 있었고, 나는 그 책의 첫 장에 대한 구상도 어느 정도 해두었다. 이 말은 우리 가족 안에서 통하는 관용어였다. 내 오빠들은 유모인 제인과 함께 그의 할머니를 방문하러 걸어가곤 했는데, 제인의 할머니는 2.5킬로미터 떨어진 헤어워런의 오두막에 살았다. 그 시절 그만큼 멀리까지 걸을 일이 없었기 때문에 그 길은 우리 가족에게 거리를 재는 단위가 되었다. 나는 그걸 정신적인 단위로 활용해 한 소녀의 이야기를 구상했다. 할머니에게 강하게 통제당해서 평생 그 압도적인 영향력 바깥으로는 걸어 나갈 수 없는 소녀에 대한 이야

• 이디스와 밀드러드가 같이 살았던 월턴 파크의 농가.

기였다.

나는 이 주제가 마음에 들었다. 내 아버지와 고모들을 통해 나는 그런 독재자 같은 할머니 유형을 잘 알게 되었다. 내가 그런 인물에게 매료되는 까닭은 무엇보다도 나 자신이 그렇게 될 수 없기 때문이다. 오늘날에는 드문 인물 유형이다. 이런 사람들은 안전하고 확고부동한 환경에서의 삶을 제시한다. 그 밖에 다양한 의견의 물결이 쓸려 오고 쓸려 갈 수 있지만 그동안 내내 그 삶에는 물이 새어 들지 않는다. 이런 사람들의 집은 그야말로 반석 위에 세워져 있다. 유행이나 여론은 바뀔 수 있고 세상은 무엇을 믿는지나 어떻게 행동하는지에 따라 이렇게도 저렇게도 보일 수 있지만 그 난공불락의 벽 안에서는 삶이 전과 같이 이어진다. 그 집의 주인은 계속 주인으로 남는다. 이런 성격은 가혹하고 험악하게 느껴지고 실제로도 그럴 수 있지만, 내 아버지의 경우에는 정중한 구식 예절의 외피를 썼기 때문에 더더욱 아버지를 상대로 논쟁할 수 없었다. 누가 그런 시도를 하면 아버지는 언제나 반드시 상대방을 틀린 쪽으로 몰아갈 수 있었다. 그분을 오래 알면 알수록 그분의 체계가 잘 먹힌다는 것을 알게 되었다. 아버지는 삶을 어떻게 살아야 하는지에 대한 자신만의 가치관을 세웠고 세상 사람들이 무슨 말이나 행동이나 생각을 하든지 그런 방식대로 살아갔다. 젊은이들은 당연하게도 그토록 지배적인 권위에 가장 먼저 반항했다. 하지만 반항에 성공하기 위해서는 그만큼 완전하게 구축되어 있고 신념이 실려 있는 자기만의 인생관이 있어야 하는데, 그런 인생관을 지닌 사람은 별로 많지 않았다.

몇 차례 안간힘을 썼지만 결국 실패했던 제인에 대한 이야기는 내 아버지 댁에서의 삶을 상징적으로 그린 그림과도 같다.

내 친구 중 많은 이는 자신이 내는 소설 속에 묘사된 사람들이 이미 죽었거나 애초에 실존하지 않았던 인물임을 가슴에 손을 얹고 엄숙하게 선언해야 한다는 책임감을 느끼던데, 나는 그런 적이 없다. 어차피 현실의 삶은 허구에 맞아 들어가지 않는다고 생각하기 때문이다. 실존 인물이나 실제 사건이 소설에 들어가면 완전히 균형이 어긋나거나 비현실적으로 보이게 마련이다. 어떤 작가에게 그의 소설 속에서 억지스럽게 느껴졌던 인물이나 사건이 딱 하나 있었다고 하면, 오히려 바로 그것이 현실에서 따온 유일한 요소였노라는 대답이 돌아오는 경우가 태반이다. 나로 말할 것 같으면 현실의 조각을 소설에 넣어본 적이 없다. 그냥 그러려야 그럴 수가 없었다. 현실이 허구가 되는 방식에는 두 가지 극단이 있다. 우선은 현실에서 소설이 자랄 수 있는 토대가 되는 근본적 발상을 얻는다. 그런 다음에는 사람들이 감정을 표현하고 개성을 띠는 작은 제스처들과 무의식적 움직임들을 현실에서 골라

낸다.

우리 가족이 솔즈베리 대성당 근처에 살았을 때 나는 건물들의 아름다움과 개성이 그곳에 사는 사람들에게 얼마나 많은 영향을 미치는지 관찰하는 데 좀처럼 질리지 않았다. 이것이《세라핌 룸》의 근본적 발상이었다. 그 책은 솔즈베리 대성당 경내에서 나온 셈이다. 비록 그 책에 나오는 그 어떤 인물도 그곳에 살지 않았지만 말이다.

그리고 나는 살면서 왜소증 환자들을 많이 만나보았는데, 체구가 작은 데에서 나오는 정신적, 도덕적 특성이 있다는 것을 알아차렸다. 더 나아가 그 특성들이 왜소증 환자들보다 오히려 그 가족 구성원들에게서 더 강하게 나타난다는 것도 눈여겨보았다. 왜소증 환자를 곁에서 지켜보는 것은 왜소증 환자가 되는 것보다 더 큰 영향을 미치는 듯하다. 이것이《왜소증 환자의 피》의 뿌리가 되는 발상이다. 그러나 이 소설에도 실제 사람을 모델로 한 인물은 나오지 않는다.

나의 아버지가 소유했던 가족 서류들을 언젠가 한 하인이 훔쳐 갔던 적이 있다. 이 남자는 그중에서도 올리비어 가문의 한 조상에게 주어졌던 오래된 귀족 작위 문서를 발견하고는, 과감하게도 그 작위를 사칭해 후작 행세를 하며 온 유럽을 여행했다. 이 흥미진진한 발상은《의기양양한 하인》의 바탕이 되었다.

내게는 소설이 역사서나 전기보다 훨씬 쓰기 쉽다. 소설을 쓸 때는 대체로 자료 조사에 공을 들일 필요가 없기 때문이다. 내가 전기 두 권을 쓰게 된 것은 거의 우연이었다. 첫 번째 전기는《알렉산더 크루든•의 기이한 삶》이다. 대부분 크루든의 이름은 알지만 그 이상에 대해서는 잘 모른다. 사람들은 "크루든의 성서 용어 색인"이라고 중얼거리지만 그 말에서 아무 의미도 떠올리지 못하는 경우가 많다.

나는 늘 크루든에 대해 더 알고 싶었다. 어렸을 적 어느 날 아버지 서재의 바닥에 앉아 있는데, 어머니가 들어오더니 책꽂이에서 어마어마하게 두꺼운 책을 꺼냈다. 어머니는 그걸 잠깐 훑어보더니 제자리에 도로 꽂아 넣고는 과장스러운 몸짓을 하며 이렇게 말했다.

"늘 그랬듯이 정확하군. 이 사람은 실수라곤 절대로 하지 않았지. 미쳐버릴 만도 했어."

나는 매우 깊은 인상을 받았고, 그 책이 바로《크루든의 성서 용어 색인》이라는 것을 알았다. 훗날 어머니의 말을 떠올리다보니 크루든이 정말로 미쳤었는지, 만약 그랬다면 성서 용어 색인 때문에 그렇게 된 건지 궁금해졌다. 그러다 마침내《영국 인명사전》에서 그의 이름을 우연히 찾았는데, 거기

• 스코틀랜드의 성서 용어 색인 작가인 알렉산더 크루든(1699~1770).

서 크루든이 정말로 미쳤었다는 사실을 알게 되었다. 한 번도 아니고 세 번이나. 하지만 광증의 원인은 매번 사랑이었다. 대영박물관에서 크루든이 정신병원에서 썼던 길고도 정교한 일기들을 읽어보았다. 거기에는 그가 할나커성의 더비 백작에게 프랑스어 낭독자로 임명되었는데 프랑스어라고는 한마디도 발음할 줄 몰라서 그 자리에서 쫓겨났다는 이야기가 적혀 있었다. 또 극적인 연애 사건들도 있었고, 어떤 불쌍한 선원 소년이 처형당하던 날 아침 그를 교수대에서 구해내기 위해 기울였던 초인적인 노력에 대해서도 적혀 있었다. 또 우스꽝스럽지만 탁월한 어느 서적상과 18세기 왕비 중에서도 가장 매력적이었던 카롤리네 폰 브란덴부르크안스바흐• 사이의 면접에 대한 설명도 있었다. 알렉산더 크루든의 삶에는 확실히 《성서 용어 색인 완전판》 편찬보다 더 많은 일이 있었다. 그 삶을 전기로 쓴다면 매우 재미있을 것 같았다.

그리고 피터 데이비스가 짧은 전기들을 모은 총서를 엮을 예정이라며 내게도 한 권 쓰라고 부탁했을 때 나는 막달라 마리아의 삶에 대해 써야겠다는 의무감을 느꼈다. 그건 사실상 전기가 아니라 중세에 기록된 아름답고 상상력 넘치는 시

• 영국의 군주 조지 2세(1683~1760)의 왕비. '안스바흐의 캐럴라인'이라고도 불린다.

적 일대기들을 쌓아 올려 재구축하는 작업이었다.

그 책은 역사서로서의 가치가 없다. 그것이 지닌 역사적 특징이라면 중세의 경건한 정신을 드러내는 방식에 있겠다. 그 부분에 대해서만큼은 내가 충실하고 진실하게 임했다고 맹세할 수 있다. 모든 에피소드가 내가 오래전부터 즐겨 읽은 옛 일대기들에서 가져온 것이니까. 막달라 마리아의 초기 전기 작가들이 프로방스에 등장했다는 점에서 그는 운이 좋았다. 그곳에서 그의 전설은 1~2세기부터 지속되었다. 그러다 이 구전설화들이 글로 기록되었을 때쯤 음유시인들의 땅에서는 이미 로맨스•의 첫 샘이 솟아오르고 있었다. 신앙심과 아름다움이 전에 없이 단순하고도 편안한 방식으로 뒤섞였다. 막달라 마리아의 전기를 쓰면서 나는 바로 그 성스러운 요정 나라를, 아직 그것을 모르는 내 동시대인들에게 전해주고 싶었다.

대부분 자서전을 읽으면 저자가 얼마나 많은 유명 인사와 알고 지냈는지 궁금해지곤 한다. 사실상 유명 인사 외에 다른 사람은 모르는 것처럼 보이기까지 한다. 하지만 나는 내 유년기와 청년기에 알았던, 별스러울 것 없는 무명의 사람들에 대해서도 똑같이 기술할 가치가 있다고 자주 생각했다. 아니,

---

• 12~13세기 유럽에서 번성한 통속소설.

오히려 더더욱 가치가 있다고 할 수도 있겠다. 이 단순한 월트셔 남자와 여자들은 빠르게 사라져가는 부류의 인간 유형이기 때문이다. 그들의 삶, 취향, 관심사는 요즘 사람들과 다르게 제약되어 있었다. 내가 기억하는 월턴은 오늘날, 즉 현대 생활의 흐름이 자동차를 타고 흘러들었고, 아나운서의 세련된 억양이 고대 언어의 순수성을 더럽히는 20세기의 그 어떤 도시와도 다른 지방 도시였다. 그 시절 사람들이 그 자치구의 경계를 치고 다녔을 때•는 물리적인 존재뿐만 아니라 영적인 존재로 무언가를 쳤던 것이었다. 내가 《월클리 씨를 모르고》에서 회고하고자 했던 것은 바로 이러한 옛 지방 사람들의 삶이었다. 만약 내가 묘사한 옛 월턴의 인물들이 독자들의 흥미를 끌지 못했다면, 내가 선택한 주제가 아니라 내 펜이 잘못된 것이라 하겠다.

• 과거 잉글랜드에서 한 자치구의 구획을 외우기 위해 나뭇가지로 주요 지형지물들을 치고 다니던 풍습.

설명 불가능한 것들

모벌리와 저데인의 책 《모험》에 묘사된 프티 트리아농을 방문하고 얼마 뒤,• 모벌리는 내게 '주교의 새'에 대한 이야기를 들려주었다. 솔즈베리의 주교가 죽으면 흰 새 두 마리가 나타난다는, 오래전부터 전해 내려오며 검증된 전설이었다. 이 전설은 지난 세기의 70~80년대에 솔즈베리에서 광범위하게 알려졌던 것 같다. 그러나 내가 접했을 때쯤에는 사람들의 기억에서 멀어진 듯했다. 나이 든 세대는 그 전설에 대해 더 이상 생각하지 않았고 젊은 세대는 들어본 적도 없었던 것

• 모벌리와 저데인은 베르사유 궁전의 별궁인 프티 트리아농에 갔다가 18세기 후반으로 시간 여행을 해 마리 앙투아네트를 비롯한 당대 궁정 인사들을 보았다고 주장했다.

이다.

모벌리는 솔즈베리 주교의 딸이었다. 1885년 아버지가 죽고 한두 시간 뒤 그는 궁전 정원으로 혼자 걸어 나갔는데, 거기서 눈에 확 띄는 흰 새 두 마리가 지상에서 날아올라 대성당 위 서쪽 방향으로 사라지는 것을 보았다. 그는 새들의 생김새, 즉 거대한 날개와 눈부신 흰빛을 매우 주의 깊게 묘사했다. 그러고는 나중에 그 새들이 나타났을 때 못 알아볼 수도 있으니 이 전설을 잘 기억해두라고 했다. 나는 즉시 모벌리의 이야기를 일기에 적었고 1911년 8월 16일까지는 잊고 지냈다.

그날은 기적처럼 시작되었다. 새벽 3시에 아버지가 우리에게 화성과 토성이 달 옆에서 만나고 있으니 창밖을 내다보라고 했다. 그 광경의 아름다움은 형언할 수 없을 정도였다. 달빛은 아침으로 녹아들었고, 하늘을 미끄러져 내려가는 달은 아주 창백한 은색을 띠었다. 미묘한 여명 속에서 두 행성은 따스하고 불그스레한 황금빛 보석처럼 빛났고, 해가 밝으면 밝을수록 별빛은 희미해졌다. 아무런 특별할 것 없을 듯했던 하루의 시작을 독특하게 만들어준 사건이었다.

그날 오후 나는 윌턴 소년 성가대원들과 함께 연례 소풍을 나갔다. 행선지는 워더성이었다. 그곳에서 소년들이 크리켓을 하는 동안 나는 폐허 아래 풀밭에 앉아 매우 맛있는 음식을 먹으며 평화로운 시간을 보냈다. 그러나 돌아가는 여정은 요즘 사람들로서는 상상할 수 없을 악몽이었다. 우리는 대형 사륜마차를 탔는데, 마차 임대 업자가 자기 말들을 너무 조심해서 다루는 바람에 집에 가는 길 내내 말들을 거의 걷게만 했다. 처음 11킬로미터를 가는 데 한 시간 반이 걸렸다. 소년들은 이 여정을 "근사한 장거리 여행"이라 부르며 즐겼다. 그들은 주로 돼지나 경찰에 관한 수수께끼를 던지거나 노래를 부르거나 고함을 지르며 시간을 죽였고, 나는 너무 피곤해서 등받이에 기대앉아 하늘을 바라보고 있었다. 그런데 문득 날개가 아주 긴 거대한 새 두 마리가 보였다. 날개가 얼마나 눈부시게 하얗던지 그 그늘진 밑면마저도 빛을 반사하는 물처럼 반짝였다. 녀석들은 허드콧 초원을 가로질러 북서쪽으로 날다가 하늘로 올라갔는데, 날개는 공기를 휘젓지 않고 가만히 정지해 있었다. 저런 새들은 처음 본다는 생각에 나는 소년들에게 새를 보라고 알려주었다. 그러는 동안 우리는 나무들 사이로 난 길을 통과했고, 내 옆자리에 앉아 있던 가장 어린 소년만이 자신도 그 새들을 보았다고 말했다. 우리 말들은 천천히 걸어서 길 끝에 이르렀지만 우리가 다시 탁 트인 곳으로 나왔을 때 새들은 당연히 시야에서 사라진 뒤였다. 그 뒤로 집에 도착할 때까지 우리는 새들에 대한 이야기를 많이 나눴다.

월턴의 목사관에 도착했을 때 우리 교구 서기인 앨버트 머슬화이트가 마차 문을 열어주면서 내게 말했다.

"솔즈베리 주교님이 별세하셨답니다."

이상하게도 그때 나는 새들을 곧바로 떠올리진 못했다. 그 전설은 한 번 들었을 뿐이었기에 내 마음속에서 앞자리를 차지하지 않았기 때문이다. 게다가 모벌리에게 그 이야기를 들었을 때만 해도 나는 그 신비로운 새들이 당연히 성당 경내에서만 나타날 것으로 생각했다. 그래서 나는 놀라움과 슬픔 외에는 아무 감정도 느끼지 않았다. 주교의 죽음은 완전히 뜻밖이었다. 그의 하인들 대부분이 하루 휴가를 받아 런던에 가서 집을 비웠고 아이들은 화훼 전시회에 갔을 정도로 아무도 예상하지 못한 일이었다고 한다.

내 아버지는 주교를 매우 좋아했기에 그의 죽음에 큰 충격을 받았다. 그래서 우리는 울적한 저녁 식사를 했다. 아버지는 식탁 끝자락에 매우 침울한 표정으로 앉아 있었고, 집에 머물고 있던 여러 손님은 아무 일도 없었던 듯이 말해야 할지 아니면 아버지의 기분에 맞춰야 할지 몰라 애를 먹었다. 나는 아버지의 기분을 너무 거스르지 않는 선에서 함께 나눌 수 있는 화제를 찾으려 애썼다. 그러다 아버지가 항상 자연사에 관심이 많았다는 것을 떠올리고 내가 본 미지의 새들에 대해 말을 꺼냈다. 그때까지도 나는 모벌리의 이야기는 전혀 기억하지 못했고 그저 내가 본 새들을 정확하게 묘사하고 그 새들이 무엇이었는지 알려달라고 사람들에게 부탁했다. 제독이었던 내 사촌 톰 헌트는 내가 앨버트로스를 본 것이라며, 앨버트로스들이 윌트셔의 목초지 위로 날아가는 것을 보았다고 선언한 나를 우스워했다. 그는 내가 가장 좋아하는 시골 지역에 대해 또 장황한 이야기를 늘어놓았을 뿐이라고 했다.

잠자리에 들던 나는 문득 주교의 새들에 관한 전설을 기억해내고, 모벌리가 들려준 이야기의 기록을 찾으려 부랴부랴 일기장을 뒤졌다. 언제 들은 이야기인지 기억나지 않았기에 찾는 데 오래 걸렸지만 마침내 찾아냈다. 모벌리가 그 새들이 "마치 앨버트로스 같다"라고 말했다고 적혀 있었다.

워즈워스 주교는 위대한 사람이었기에 그가 사망한 날이 하늘에 징표로 나타나는 것이 적절했다. 평범한 추도사 몇 마디보다 그런 방식이 그에게 더 어울렸다. 나는 장례식에서 이 위대한 인물에 대한 일련의 설교들을 듣고 나서 일기에 이렇게 적었다. "내가 사랑하고 존경하는 누군가에 대해 지각없는 추도사들이 쏟아지는 것만큼 싫은 일도 없다." 그러나 나를 무척 기쁘게 한 언급도 있긴 있었다. 펨브로크의 정원사인 샬리스는 그가 늘 혼잣말을 하듯이 말한다고 했다. 그건 사실이었다. 워즈워스 주교는 자기만의 생각에 완전히 몰두해 주변 상황을 전혀 인지하지 못하는 것처럼 보였다. 하지만 실제로는 그렇지 않았다.

어느 날 오후, 주교가 새롭게 편곡한 〈테 데움〉•을 가지고 월턴에 찾아온 적이 있다. 그가 예배를 집전하는 관점에서 특히 마음에 들어 하는 방식의 편곡이었다. 주교는 내게 악보를 건네주고는 노래를 불러달라고 부탁했다. 주교 앞에서 〈테 데움〉을 혼자 부른다는 건 무서운 일이지만 워즈워스 주교의 말은 곧 법이었기에 나는 밀드러드의 피아노 반주에 맞춰 심하게 떨리는 목소리로 노래를 시작했다. 주교는 책상 앞에 앉더니 즉시 《불가타 성서》•• 비평 및 교정 작업에 몰입했다. 내가 〈테 데움〉을 절반 정도 불렀을 때 그는 오롯이 작업에 집중하느라 나를 잊은 듯 보였다. 그래서 나는 노래를 멈췄다. 그런데 주교가 나를 올려다보더니 "계속해주게"라고 했다.

각설하고, 기록할 수 있을 뿐 설명할 순 없는 다른 사건들에 대해 적어보도록 하겠다.

랜즈엔드•••에는 딱 한 번 가보았다. 그날은 재의수요일••••이었고, 콘월은 무척 더워서 2월이 아니라 6월 같았다.

• 5세기부터 교회에서 불린 찬가.

•• 405년 라틴어로 완역되어 가톨릭에서 널리 사용되는 성경.

••• 잉글랜드의 서남부 콘월반도의 끄트머리에 있다.

•••• 예수 부활 전 40일간을 기념하는 사순절의 첫날.

나는 정오쯤에 혼자서 작은 오스틴 차를 몰고 펜잰스를 빠져 나가다가 그 놀라운 절벽 위에 서서 바다를 바라보았다. 다부진 코르테스•도 그렇게 광활한 풍경을 보지는 못했을 것이다. 랜즈엔드라는 이름은 참으로 적절하다. 그렇게 대서양을 바라보노라니 몇 킬로미터 너머에 매우 중요한 곳임이 분명한 도시 하나가 보였다. 탑, 돔, 첨탑, 흉벽이 뒤섞여 있는 곳이었다. 실리 제도인 모양이라고 생각했지만, 거기 대도시가 있다는 말은 들어본 적이 없었다. 막연히 온실을 방불케 하는 낙원 같은 곳이리라고 상상했을 뿐이다. 그때 한 해안경비대원이 다가왔기에 나는 그 도시 이름을 물었다.

그가 말했다.

"저기엔 도시가 없는데요. 바다뿐이에요."

"저기 탑과 첨탑 들이 있는걸요."

그는 나를 바보인 양 쳐다보더니 저기에는 아무것도 없다고 재차 말했다.

그가 떠난 뒤 나는 내가 유별나게 강한 봄 햇빛 때문에 생겨난 신기루를 보고 있는 모양이라고 생각하기로 했다. 그러나 마음 한편에서는 옛날에 콘월 앞바다에 가라앉았다는 리어네스 왕국의 환영이 내게 보인 것이 아닐까 하는 희망을

• 존 키츠(1795~1821)의 시 〈채프먼의 호메로스를 처음 읽고〉에 나오는 인물.

품고 있었다.

나중에 나는 그런 환영을 본 사람이 나뿐만이 아니라는 것을 알게 되었다. 나 역시도 1~2년 뒤에 또 한 번 그것을 보았다. 그날은 날씨가 사뭇 달랐고 늦은 저녁 시간이었다. 나는 맥퍼슨과 함께 차를 타고 랜즈엔드에서 동쪽으로 몇 킬로미터 떨어진 콘월 북쪽 해안을 따라 달리고 있었다. 습하고 바람이 많이 불어서 이전에 랜즈엔드를 찾았을 때와는 분위기가 딴판이었다. 그런데 불현듯 바다 저편의 빗줄기 속에서 요지부동으로 서 있는 탑과 첨탑 들이 또 눈에 보였다. 나는 맥퍼슨에게 차를 세워달라고 했다.

"저기 뭐 보여요?"

"보이네요. 도시가 보여요. 여기서 사라진 왕국 리어네스를 볼 수 있다는 소문을 종종 들었지만 직접 보기는 처음이네요."

그가 리어네스라는 단어를 꺼내서 나는 매우 기뻤다. 내가 은밀히 바라던 바였기 때문이다.

몇 년 후 맥퍼슨을 다시 만났을 때 나는 이 일을 언급하면서 이후로 리어네스를 또 본 적이 있느냐고 물었다.

"딱 한 번요. 언니와 같이 차를 타고 있을 때였는데 언니는 아무것도 안 보인다고 했어요."

랜즈엔드를 방문하던 날 또 다른 이상한 모험을 했다. 해안경비대원이 떠난 뒤 나는 한동안 절벽에 앉아 있었다. 그러다

보니 햇빛이 너무 눈부셔서 더 이상 리어네스의 탑들은 보이지 않았다. 그런데 매우 말쑥하게 차려입은 어떤 남자가 절벽을 올라오더니 갑자기 내게서 몇 발짝 앞으로 다가왔다. 그는 아주 공손하게 걸어와 중산모를 벗으며 이렇게 말했다.

"실례합니다, 부인. 혹시 사진을 찍으실 수 있을까요?"

나는 할 수 있다고 했다.

"그렇다면 제 사진을 찍어주시면 감사하겠습니다. 이토록 흥미로운 곳에서 제 사진을 찍어줄 사람을 못 찾고 있었습니다. 위치를 중앙으로 잘 잡아주세요."

나는 카메라를 들고 파인더를 들여다보았다. 남자는 절벽 끝으로 가 호주머니에서 마법처럼 망원경을 꺼내더니 그걸 펴서 눈가에 대고는 바다 너머를 내다보았다. 크리스토퍼 콜럼버스조차도 그보다 더 모험적인 분위기를 풍길 수는 없었을 것이다. 나는 버튼을 누르고 카메라를 돌려주었다. 그런데 경황이 없어서 그 남자에게 내 주소를 알려주고 사진의 사본을 보내달라고 부탁하는 것을 깜빡했다. 그래서 그 흥미로운 장면을 기억할 만한 물건을 아무것도 갖지 못했다.

내가 소위 '초능력자'라고 생각하지는 않지만, 설명할 수 없는 일들이 분명 내게 일어나긴 한다. 또 하나의 특이한 일화를 적어보도록 하겠다. 어느 날 밤 데이 하우스의 내 방에 누워 있을 때였다. 월턴 파크의 출입문이 잠겨 있어서 아무도 집에 접근할 수 없었다. 한여름이어서 밤이 깊어도 하늘이 완전히 캄캄해지진 않았다. 그때 무언가가 바닥에 가볍게 떨어지는 소리가 들렸다. 나는 침대에서 책이 미끄러져 떨어진 것이리라고 생각했다. 그래서 몸을 내밀어 바닥을 살펴보았다. 그런데 어렴풋한 빛 속에서 웬 테니스 라켓 하나가 보였다. 그럴 리가 없다는 걸 알고는 있었다. 나는 테니스 라켓 따위를 갖고 있지 않았고, 집 안에 그런 물건은 없었으니까. 삼십 분 뒤 다시 바닥을 보았다. 라켓은 여전히 그 자리에 있었다. 분명히 테니스 라켓이었다. 나는 침대에서 일어나 그것을 집어 들었다. 그래, 내 손안에 라켓이 들려 있었다. 현대적인 물건은 아니었다. 살짝 구부러져 있고 그물이 많이 끊어진 예스러운 라켓이었다. 이 수수께끼의 라켓이 내 침실에 등장한 사건은 도무지 설명 불가능한 일이었고, 그래서 더 이상 덧붙일 이야기가 없다. 지나가던 어떤 혼령이 장난삼아 남긴 물건이었다면, 저승의 유머 감각은 우리와는 많이 다른 모양이라고 말할 수밖에 없겠다.

해설

'노처녀'의 상상 속 친구

이디스 올리비어는 한국에 잘 알려지지 않은 작가다. 그는 1872년 영국 윌트셔의 윌턴에서 목사인 아버지와 주교의 딸인 어머니 밑에서 태어났다. 종교적이고 보수적인 환경에서 성장한 올리비어는 스스로도 보수주의자였으며 독실한 기독교인이었다. 어린 시절 정규교육을 이수하지 못했지만 옥스퍼드 대학교의 세인트 휴스 칼리지에서 장학금을 받았고 제1차 세계대전이 일어난 후 1916년에는 윌트셔의 농업 지원 부인회 창설을 도운 공로로 1920년 대영제국 훈장을 받았다. 올리비어는 윌턴과 윌트셔의 지역사회에 헌신하며 그곳에서 대부분의 시간을 보냈으며 1938년부터 1941년까지는 윌턴 시장을 역임하기도 했다. 그러나 그의 인간관계는 윌트셔 너머로 멀리 뻗어나갔다.

1924년 올리비어가 아끼던 여동생 밀드러드가 암으로 사망하고 나서 처음으로 글쓰기를 시도하면서부터 그의 삶은 전환을 맞았다. 올리비어는 미술가이자 삽화가인 렉스 휘슬러를 비롯해 세실 비턴,• 시그프리드 서순,•• 윌리엄 월턴,••• 오스버트 시트웰•••• 등 이른바 '총명한 젊은이들'로 알려진 당대의 주요 예술가들과 교유하면서 활발한 지적 활동을 이어갔다. 첫 장편소설인 《사생아》 이후로 소설 네 권을 더 썼고 알렉산더 크루든과 막달라 마리아의 전기와 회고록 등의 논픽션을 쓰기도 했다. 1948년 사망할 때까지 결혼하지 않았고 자녀도 두지 않았다.

1927년 발표된 《사생아》는 올리비어와 같은 상류층 독신 여성인 애거사 보데넘의 삶을 그린다. 애거사는 서른두 살에 어머니를 여의고 하인들이 돌보는 저택에 홀로 남는다. 어머니를 비롯해 누구와도 깊은 관계를 맺지 않고 살아온 애거사

• 영국의 사진작가이자 의상 디자이너인 세실 비턴(1904~1980). 사진작가로는 최초로 영국 왕실의 작위를 받았다.

•• 영국의 시인이자 소설가인 시그프리드 서순(1886~1967). 제1차 세계대전 중 서부전선에서의 체험을 묘사한 시로 유명해졌다.

••• 영국의 작곡가인 윌리엄 월턴(1902~1983). 영국 왕의 대관식을 위한 음악을 여럿 작곡했다.

•••• 영국의 소설가이자 시인인 오스버트 시트웰(1892~1969). 풍자적인 경향이 두드러진 자유시를 썼다.

는 근본적으로 고독한 인물이지만, 가족과 사별하고 혼자가 되자 자신이 얼마나 외로운지를 자각한다. 그래서 어린 시절에 사귀었던 상상 속 친구인 클러리사를 되살려보기로 한다. 이미 어른이 되어 합리적인 일상의 세계에 익숙해진 애거사는 어린 시절의 공상에 다시 빠져드는 것을 처음에는 어려워하지만, 점차 요령이 붙자 열 살이었던 그 시절 이래로 전혀 나이를 먹지 않은 요정 같은 클러리사가 눈앞에 나타난다. 애거사는 쾌활하고 장난스러운 클러리사와 어울리면서 외로움을 잊어간다.

놀라운 점은 클러리사가 다른 사람들의 눈에도 보이기 시작한다는 것이다. 애거사의 상상 속에만 머물지 않고 현실에서도 실체를 갖추고 등장한 클러리사는 애거사의 하인들과 이웃 사람들과 어울리며, 처음엔 애거사의 입양아 신분으로, 그 후에는 애거사가 낳은 사생아라는 명목으로 보데넘가의 일원이 되어 자라난다. 애거사는 클러리사를 키우면서 강한 소유욕과 집착을 느끼고, 클러리사는 그런 애거사의 통제에 순응한다. 두 사람은 함께 상상 놀이를 하면서 서로 외에는 아무도 필요 없는 폐쇄적이고 자족적인 관계를 구축한다. 클러리사는 애거사의 돌봄을 받으며 사회의 이모저모를 배워나가고, 애거사는 자신과 달리 여러 예술적 방면에 재능과 흥미를 보이는 클러리사를 통해 시, 책, 춤, 음악 등에 새롭게 눈을 뜬다.

그러나 클러리사가 열일곱 살이 되고 애거사의 품을 벗어나기 시작하면서 문제가 일어난다. 애거사와 달리 상상 속의 세계에 만족하지 않게 된 클러리사는 운전과 테니스를 배우고 무도회에 나가면서 더 넓은 세계로 나아가고자 한다. 심지어 교구 목사의 친척인 데이비드와의 로맨틱한 관계에 관심을 보이기도 한다. 애거사는 클러리사를 잃을지도 모른다는 미칠 듯한 두려움에 시달리며, 데이비드를 강박적으로 따돌리고 클러리사를 자기 곁에 두려고 안간힘을 쓴다. 클러리사를 사이에 둔 데이비드와 애거사의 신경전은 갈수록 팽팽해지며 파국적인 결과로 치닫는다.

상상 속 친구를 만드는 것은 많은 어린이에게 나타나는 현상이다. 2004년 발표된 한 연구 따르면 7세의 어린이 가운데 약 65퍼센트가 상상의 친구를 만든다고 한다. 아이들은 상상의 친구와 놀면서 세상을 실험하고 탐구하며, 자신의 감정을 표현하고 다른 사람들과 상호작용 하는 법을 배우고, 부모의 이혼이나 전학과 같은 어려운 상황에 대처하는 데 도움을 받는다. 아이가 실재하지 않는 친구와 대화를 나누는 것을 보면 부모는 걱정할 수 있지만, 이는 정상적인 정서 발달의 과정으로서 우려할 필요가 없다고 한다. 그러나 애거사와 같은 30대 여성이 상상 속 친구를 만든다는 것은 무엇을 의미할까?

애거사는 어린 시절의 환상으로 퇴행한다는 점에서 유아적인 인물이기도 하지만, 스스로 "클러리사와 어울리기에는 나이 들었다는 것을 깨달았다"라고 고백하듯이 부정할 수 없는 어른이기도 하다. 애거사가 어렸을 때는 클러리사와의 관계가 수평적인 친구 사이였겠지만, 30대인 애거사가 열한 살인 클러리사를 대할 때는 모녀 관계에 가까워진다. 애거사는 자신이 어렸을 때처럼 마냥 평화롭게 클러리사와 놀면서 그 시절의 안온함을 복구할 수 있으리라 기대하지만, 이미 어른이 되어버린 애거사는 어렸을 적 자신의 또 다른 자아에 해당하는 클러리사와는 너무 달라져버렸다. 어른인 애거사는 퇴행을 원하지만, 클러리사, 곧 어린 애거사는 진짜 삶과 진짜 행위와 진짜 현실로 이루어진 세계로의 진입을, 즉 발달과 독립을 원한다. 그 괴리가 불거지는 순간부터 애거사는 억압적이고 통제적인 어머니가 되어 클러리사를 가두기 시작하지만 언제나 그러한 억압은 끝까지 성공하지 못한다. 이러한 측면에서 《사생아》는 자식을 자신의 복제물로 대하고 소유하고자 하는 어머니와 그 시도를 벗어나려 하는 딸의 관계에 대한 유비인 셈이다.

그러나 애거사에게 중요한 속성은 그가 어머니인 만큼이나 독신자라는 점이다. 애거사는 속칭 '노처녀'로서, 남편을 만나고 자식을 낳아 '정상적'인 가족을 꾸리는 데에 실패한 여성이다. 오늘날 우리 사회에도 이러한 아내이자 어머니로서 여성의 삶에 대한 차별적 규범이 남아 있지만《사생아》가 발표된 1920년대 영국에서는 더욱 공고했을 것이다. 그러나 또 한편으로는 제1차 세계대전으로 인해 다수의 남성이 사망하면서 영국 내 미혼 여성의 수가 급증했는데(1921년 영국의 인구 조사에 따르면 여성은 남성보다 무려 170만여 명 더 많은 것으로 밝혀졌다), 이러한 여성은 '잉여 여성'이라 지칭될 정도로 사회적 문제인 양 취급되었다.《사생아》에서 전쟁은 직접적으로 언급되지 않지만 애거사는 당대 '잉여 여성' 중 한 명이었을 것이다. 애거사는 규범적 삶에서 소외되고 그 밖의 인간관계를 구축하기 어려워하는, 그리고 전쟁의 암운 가운데에서 고립된 미혼 여성의 곤경을 보여준다. 애거사가 클러리사를 창조한 것은 극심한 외로움과 공허감의 표현이다.

〈B사감과 러브 레터〉로 대표되는 '노처녀 히스테리'의 클리셰는 미혼 여성에 대한 뿌리 깊은 편견을 방증한다. 오늘날 문학작품에서는 독립적이고 주체적인 삶을 살아가는 독신 여성을 전보다 더 많이 접할 수 있다. 그러나 또 한편으로는 여성이 사회의 구조적 억압 속에서 얻기 쉬운 정신 질환에 대한 여성주의적 접근도 필요하다. 애거사는 여성이 혼외 자식을 낳는 것이 평판에 치명적인 영향을 미치고, 남성과 동등하게 선거에 참여할 수도 없고, 충격을 받으면 기절하는 것이

'숙녀다운' 행동이라고 여겨지는 시대에 살았다. 그런 애거사가 극단적이고 신경증적인 공상에 빠져드는 것도 무리는 아닐지 모른다.

여성이 특정 유형의 정신 질환에 취약한 것은 오늘날에도 마찬가지다. 식이 장애와 광장공포증은 여성의 발병률이 특히 높은 것으로 알려져 있다. 2020년 우울증으로 진료받은 여성이 남성보다 두 배 이상 많은 것으로 밝혀졌다. 여성을 우울하게 하는 사회에 대한 진단과 개선이 시급한 이유다.

자전적인 에세이 〈설명 불가능한 것들〉에서 자세히 볼 수 있듯 이디스 올리비어는 초자연적 현상을 여러 차례 경험했다고 증언한다. 《사생아》는 초자연적 세계에 대한 올리비어의 관심을 유감없이 보여주는 환상소설이기도 하다. 클러리사가 현실에 나타난 것을 천체의 움직임에 근거해 과학적으로 설명하려고 한다는 점에서는 SF적인 특성도 나타낸다. 오늘날의 한국 환상소설 및 SF 독자들이 올리비어의 작품을 발견하는 즐거움을 온전히 누릴 수 있기를 바란다.

김지현

휴머니스트 세계문학 039

사생아

1판 1쇄 발행일 2024년 12월 2일

지은이 이디스 올리비어
옮긴이 김지현

발행인 김학원
발행처 (주)휴머니스트출판그룹
출판등록 제313-2007-000007호(2007년 1월 5일)
주소 (03991) 서울시 마포구 동교로23길 76(연남동)
전화 02-335-4422 **팩스** 02-334-3427
저자·독자 서비스 humanist@humanistbooks.com
홈페이지 www.humanistbooks.com
유튜브 youtube.com/user/humanistma **포스트** post.naver.com/hmcv
페이스북 facebook.com/hmcv2001 **인스타그램** @boooook.h

편집주간 황서현 **편집** 김대일 이성근 김선경 **디자인** 김태형 차민지
조판 아틀리에 **용지** 화인페이퍼 **인쇄·제본** 정민문화사

ISBN 979-11-7087-270-2 04840
979-11-6080-785-1 (세트)

휴머니스트 세계문학

시즌 1. 여성과 공포

001 프랑켄슈타인
메리 셸리 | 박아람 옮김

002 회색 여인
엘리자베스 개스켈 | 이리나 옮김

003 석류의 씨
이디스 워튼 | 송은주 옮김

004 사악한 목소리
버넌 리 | 김선형 옮김

005 초대받지 못한 자
도러시 매카들 | 이나경 옮김

시즌 2. 이국의 사랑

006 베네치아에서의 죽음·토니오 크뢰거
토마스 만 | 김인순 옮김

007 그녀와 그
조르주 상드 | 조재룡 옮김

008 녹색의 장원
윌리엄 허드슨 | 김선형 옮김

009 폴과 비르지니
베르나르댕 드 생피에르 | 김현준 옮김

010 도즈워스
싱클레어 루이스 | 이나경 옮김

시즌 3. 질투와 복수

011 폭풍의 언덕
에밀리 브론테 | 황유원 옮김

012 동 카즈무후
마샤두 지 아시스 | 임소라 옮김

013 미친 장난감
로베르토 아를트 | 엄지영 옮김

014 너희들 무덤에 침을 뱉으마
보리스 비앙 | 이재형 옮김

015 밸런트레이 귀공자
로버트 루이스 스티븐슨 | 이미애 옮김

시즌 4. 결정적 한순간

016 노인과 바다
어니스트 헤밍웨이 | 황유원 옮김

017 데미안
헤르만 헤세 | 이노은 옮김

018 여행자와 달빛
세르브 언털 | 김보국 옮김

019 악의 길
그라치아 델레다 | 이현경 옮김

020 위대한 앰버슨가
부스 타킹턴 | 최민우 옮김

시즌 5. 할머니라는 세계

021 도련님
나쓰메 소세키 | 정수윤 옮김

022 사라진 모든 열정
비타 색빌웨스트 | 정소영 옮김

023 4월의 유혹
엘리자베스 폰 아르님 | 이리나 옮김

024 마마 블랑카의 회고록
테레사 데 라 파라 | 엄지영 옮김

025 불쌍한 캐럴라인
위니프리드 홀트비 | 정주연 옮김

시즌 6. 소중한 것일수록 맛있게

026 식탁 위의 봄날
오 헨리 | 송은주 옮김

027 크리스마스 잉어
비키 바움 | 박광자 옮김

028 은수저
나카 간스케 | 정수윤 옮김

029 치즈
빌럼 엘스호트 | 금경숙 옮김

030 신들의 양식은 어떻게 세상에 왔나
허버트 조지 웰스 | 박아람 옮김